내 책은
결재가 필요 없다

내 책은
결재가 필요 없다

이동윤 지음

Book writing strategy for civil servants' work skills and independent lives
공무원의 업무 능력과 독립적인 삶을 위한 책 쓰기 전략

이담북스

올해 90세로 하늘나라에 가신
평생을 교육공무원으로 바치셨던
아버님께 감사와 존경을 표하며,
이 책을 바칩니다.

책 쓰기로 여는 공무원의 새로운 도전

공무원은 오랫동안 안정적이고 존경받는 직업으로 여겨졌다. 그러나 최근 이러한 인식이 변화하고 있다. 공무원 시험이 꿈과 희망의 출발점으로 여겨지던 시절은 이제 과거의 이야기다. '공무원 인기 시들'이라는 언론 보도는 현재 공무원들이 직면한 어려움과 고민을 반영한다.

공무원들은 낮은 임금, 민원 처리 갈등, 정치적 요구에 따른 이해충돌, 과중한 업무량 등 다양한 도전에 직면해 있다. 퇴직 후 긴 노후를 연금만으로는 행복한 생활을 보장받기 어려운 현실도 부담이다. 세대 간의 의식 차이와 소통 문제도 해결해야 할 과제이다.

그럼에도 공무원은 여전히 괜찮은 직업이다. 이는 안정적 신분이나 연금이 아닌, 공무원의 영향력 때문이다. 신입, 중간 관리자, 간부급에 이르기까지 공무원이 다양한 영역에 미치는 영향력은 상당하다. 이를 긍정적으로 활용하면 개인의 성장뿐만 아니라 조직과 사회에 좋은 영향을 미칠 수 있다.

10년의 준비, 행복한 30년의 시작

이 책은 공무원의 절정의 시기인 50세 전후를 어떻게 준비하고 보내야만 하는지를 다룬다. 이 시점에 공무원들은 현재 임무에 충실함과 동시에 미래를 준비해야 한다. 약 10년의 시간은 퇴직 후 행복한 30년을 위한 소중한 시기이다.

공무원에게 퇴직 후 오랜 세월을 어떻게 보낼지는 중요한 삶의 고민 중 하나이다. 이는 업무와 직접 관련이 없지만, 장기적인 개인 삶의 관점에서 반드시 고민해야 할 문제이다. 우리는 과거와는 전혀 다른 삶에 직면하게 된다. 이에 대한 준비는 이제 시작되어야 한다.

현재의 위치에 만족하지 말고 퇴직 후 독립적인 삶에 대비해야 한다. 이는 단순한 은퇴 준비를 넘어, 풍요로운 미래를 위한 전략적인 계획이다. 공무원으로서 영향력을 발휘할 수 있는 이 10년은 퇴직 후 삶의 질을 결정짓는 중요한 시기이다. 이 시기에 퇴직 후 삶을 준비하는 것은 이제 선택이 아닌 필수이다.

책 한 권으로 펼치는 행복한 미래

공무원에게 책 쓰기는 풍요로운 노후 준비의 대안이 될 수 있다. 공무원들은 책 쓰기에 적합한 특징을 가지고 있다. 업무를 통해 다양한 자료와 지식을 축적할 수 있고, 글쓰기에 익숙하다. 지역의 오피니언 리더로서 사회적 인정과 권한을 가지고 있으며, 민원인들의 이야기가 책의 소재가 될수 있다. 공무원의 사회적 민감성은 다양한 주제를 접목하는 데 유용하며, 공무원이 책을 쓸 경우 그 사회적 영향력은 다른 직업보다 크다.

이 책은 공무원들에게 책 쓰기를 통한 새로운 도전과 기회를 제공한다. 한 권의 책을 쓰는 것은 꿈과 목표를 향한 강력한 힘이 되며, 책을 통한 행복한 인생 변화를 경험할 수 있다. 책 쓰기로 얻는 활력은 사회 발전의 원동력이 되며, 다양한 영역에서 선순환을 이루는 데 기여할 것이다.

책 쓰기에 관심 있는 공무원에게 이 책은 귀중한 안내서가 될 것이다. 책 쓰기의 어려움과 막연함을 극복하는 데 실질적인 도움을 주며, 자신만의 이야기를 책 한 장 한 장에 담는 방법을 안내한다. 특히, 여섯 가지 독특한 특징으로 구성된 이 책은 즐거운 책 쓰기의 여정으로 독자들을 이끌 것이다.

첫째, 8년의 공직생활을 바탕으로 저자가 공무원을 바라보는 객관적인 시각을 담았다. 공무원과의 의미 있는 대화와 업무 공유를 통해 얻은 생생한 경험을 전한다.

둘째, 공무원 작가 5명과 예비 공무원 작가 5명의 진솔한 인터뷰를 수록하여 책 쓰기의 변화와 영향을 입체적으로 보여준다. 이를 통해 독자들은 이들의 다양한 경험과 시각을 만날 수 있다.

셋째, 공무원들이 고민과 성장의 이야기를 책에 담아야 할 필요성을 설명한다. 공직생활의 어려움을 극복하고 개인적 성장을 이루는 데 책 쓰기가 어떻게 도움이 되는지 보여준다. 이는 공무원들에게 책 쓰기에 도전하는 데 용기와 지혜를 제공한다.

넷째, 공무원의 특별한 강점을 통해 책 쓰기에 적합한 이유를 알아본다. 공무원이 가진 독특한 특성을 활용해 책 쓰기에 자신감을 심어주고 도전의 기회를 갖게 한다. 이를 통해 공무원이 책 쓰기를 새로운 성장의 기회로 삼을 수 있도록 돕는다.

다섯째, 공무원 책 쓰기의 효율적인 집필 준비 노하우를 소개한다. 책은 쓰고 싶지만, 방법을 알지 못하는 공무원들에게 효과적인 책 쓰기 전략을 제시한다. 이는 공무원들에게 책 쓰기를 시도하는 데 필요한 구체적이고 실용적인 지침을 전달한다.

마지막으로, 공무원 책 쓰기의 성공적인 투고와 출간 전략을 안내한다. 출간기획서 작성부터 투고와 출간 과정까지의 세부사항을 담아 독자들이 책 쓰기의 실제 과정을 이해할 수 있게 한다. 이러한 구체적인 출간 과정을 통해 책 쓰기 도전에 한 발 더 다가설 수 있을 것이다.

책 쓰기로 여는 자기 성장의 길

공무원들은 끊임없는 변화에 직면하고 있다. 시민들의 높은 기대, 복잡한 이해관계 충돌, 저출산 문제, AI시대의 도래 등 다양한 도전이 그들의 어려움을 더한다. 이런 상황에서 경쟁력과 성장을 위해 새로운 시각과 자기 계발에 힘써야 한다.

한 권의 책은 공무원들에게 개인의 내면을 탐구하고 사회적 역할을 확대하는 중요한 창구가 될 수 있다. 책을 통해 지식과 정보를 기록하고 공유하면 다양한 아이디어와 관점을 얻을 수 있으며, 이는 공무원들이 잠재력을 발휘하고 성장하는 데 큰 도움이 된다.

이 책《내 책은 결재가 필요 없다》는 조직 내 결재 과정을 넘어선 독특한 주장을 제시한다. 현직에서는 결재가 필요 없을 정도의 업무 능력을 갖추고, 퇴직 후에는 결재가 필요 없는 책 쓰기를 통해 독립적인 삶을 추구하자는 메시지를 담고 있다.

이 책은 공무원으로서의 효과적인 업무 수행과 개인적인 꿈과 목표를 함께 추구하는 방법을 알려 준다. 나만의 삶을 만들어 가는 방법을 탐색하며, 공무원의 업무 능력과 개인적인 독립성을 이루는 길을 안내한다. 이 책이 여러분의 공직생활과 개인적인 성장에 실질적인 도움이 되길 바란다.

목차

PART 1
공무원의 고민과 성장, 그 여정을 담는 책 쓰기

PART 2 공무원의 특별한 강점, 그리고 책 쓰기의 가능성

PART 3   공무원 책 쓰기의 효율적인 집필 준비 노하우

공무원의 고민과 성장,

그 여정을 담는 책 쓰기

행복한 공직생활의
시작점을 만들 수 있다

"책 한 권을 썼더니 무엇이 바뀌었나요?"

첫 책을 출간한 이후 가장 많이 받은 질문이다. 나도 책을 쓰기 전 비슷한 궁금증이 있었다. '작가'라는 신분은 어떤 삶을 의미할까? 책을 쓰면 얼마나 수익을 올릴 수 있을까? 내 글이 타인에게 어떤 영감을 줄 수 있을까? 강의 요청은 올까? 다양한 상상을 했었다. 그중에서도 가장 큰 관심은 내가 쓴 글을 어떻게 생각할지에 대한 것이었다.

출판사로부터 처음 책을 받은 날은 평생 잊지 못할 순간이었다. 첫 책의 출간이라는 꿈은 말로 다 표현하기 어려울 정도로 강렬했다. 출판사에 작품을 투고하는 순간부터 최종 편집까지의 과정은 한 편의 드라마 같았다. 5곳 정도의 출판사로부터 긍정적인 연락을 받았을 때의 감정은 특별했다. 마침내 하나의 출판사를 선택하고, 보름 만에 계약을 체결했다.

계약 후 100일 동안 원고를 완성하여 출판사에 보냈고, 약 3개월의 편집 과정을 거쳐 첫 책이 세상에 나왔다. 이 모든 과정을 통해 받은 첫 책의 설렘과 기대는 정말 감동적이었다.

그러나 첫 책을 받은 후 감동은 빠르게 두려움으로 바뀌었다. 책을 읽는 사람들이 어떻게 평가할지에 대한 불안감이 가장 컸다. 심지어 돈을 내고 볼 만한 책인지 의문이 들기도 했다. 다행히 지인이 보내준 격려와 칭찬의 메시지 덕분에 두려움은 서서히 가라앉았다. 이후 더 많은 독자들이 책을 구매하도록 홍보에 주력하기로 결심했다.

《나는야 뽀빠이 공무원》의 저자인 강평석 작가는 인터뷰(PART 1. 01 - '내가 만난 공무원 작가 이야기 1'에 수록)에서 첫 책을 받았을 때의 감정을 이렇게 표현했다. "첫 책을 받았을 때 느낀 감정은 정말 뭉클했고, 가족에게 자랑하고 싶었습니다. 어머니께서 아들의 책을 밤새 읽고 여러 번 감명받는 모습을 보며, 자식으로서 효도한 것 같아 뿌듯했습니다."라고 말했다.

책 출간 후, 어제와 오늘이 달랐다

사람들과 대화하다 보면 자신이 무엇을 좋아하는지 모르겠다는 이야기를 듣곤 한다. 또는 모든 걸 바치고 싶은 흥미로운 일을 찾고 싶다고 한다. 나의 경우, 이러한 고민이 책 쓰기를 통해 해결되었다. 책 쓰기는 무한한 즐거움과 열정을 선사해 주었고, 내가 경험한 그 어떤 것보다 큰 보람으로 다가왔다. 또한, 나의 미래를 위한 확고한 목표가 되었다.

이것이 바로 책이 출간된 이후의 가장 큰 변화였다. 내가 쓴 책을 보면 자부심과 기쁨이 느껴졌다. 내 책을 통해 사람들과 나누는 대화들이 이전 보다 더욱 의미 있고 풍요로워졌다. 내 생각과 이야기가 책으로 전달되면서 사람들과의 연결이 깊어졌다. 또한, 내 이야기가 다른 사람들에게 영감과 위로를 줄 수 있다는 사실은 강한 확신을 주었다.

이제는 모든 사물, 사람, 사건을 책의 소재로 보게 되었다. 이 변화로 사소한 순간도 놓치지 않고 관찰하며 긍정과 여유를 느낄 수 있게 되었다. 이는 내 삶을 긍정적으로 변화시킬 수 있다는 믿음을 심어주었다. 또한, 누구나 나의 독자가 될 수 있다는 생각으로 주변 사람들을 더 선하게 보는 마음이 생겼다. 결국, 삶이 긍정과 열정, 미소로 가득한 세상으로 바라보게 되었다.

책이 출간된 이후 다양한 변화가 찾아왔다. 지난 8년 동안 강의해 온 대학에서는 '이야기 만들기'라는 새로운 강좌를 강의해 달라는 요청을 받았다. 이 강좌는 주로 공과대학 학생들을 대상으로 하며, 인문학적 소양과 커뮤니케이션 능력 향상을 목표로 한다. 이 강의를 통해 영화와 성격유형, 스토리텔링, 스토리 브랜드, 이야기 만들기 연습 등의 전문 분야를 구축해 보려 한다. 또한, 책을 통해 얻은 지식과 경험을 학생들과 공유하며, 함께 성장하고 배우는 기회를 만들고자 한다.

책이 명함이 되어 업무에서 큰 효과를 발휘하고 있다. '작가'라는 신분으로 처음 만나는 사람들에게 책을 건네면 더 많은 신뢰를 얻게 된다. 책을 건넨 사람은 나를 명확하게 기억하고, 나중에 내 글을 읽고 자신의 견해를 이야기할 때는 놀라기도 했다. 이러한 경험은 나의 네트워크를 더욱 강화하고, 소중한 인연들을 만드는 보람찬 선물로 다가왔다.

신문 인터뷰와 유명 유튜브 출연은 신선한 경험이었다. 이러한 기회들은 내 책에 대한 관심에서 비롯되었으며, 나에게 더 큰 활동의 폭을 열어주었다. 신문에서 내 이야기를 다루고, 유명 유튜브 채널에서 저자로서의 생각을 나누는 경험은 나에게 자신감과 확신을 불어넣어 주었다. 더불어, 책에 대한 권위가 인정되면서 더 많은 사람에게 책을 알리는 기회가 주어졌다.

다른 사람들이 인터넷에 쓴 서평을 읽는 것도 매우 흥미로웠다. 처음 서평을 열어볼 때는 불안함과 궁금증이 컸다. 특히, 내가 생각하지 못했던 새로운 관점과 시각이 담긴 글들을 읽으면서 또 다른 쾌감을 느꼈다. 이런 서평들은 나의 글이 다양한 사람들의 마음에 어떻게 다가가고 영향을 주는지를 확인하는 계기가 되었다.

이처럼, 책 출간 이후 찾아온 변화들은 나를 성장시켰다. 이 모든 경험을 통해 사람들에게 긍정적인 영향을 전하고자 하는 열망이 더욱 커졌다. 지금까지의 성장을 바탕으로, 책을 통해 긍정적인 변화를 계속 이루고 싶은 생각이 든다.

공무원의 책 쓰기가 가져다주는 변화

"공무원이 책을 쓴다면, 어떤 변화를 경험할 수 있나요?"

공무원을 만나 책 쓰기를 권하면 가장 많이 받는 질문이다. 이 질문에서는 책 쓰기에 대한 호기심도 있지만, 변화의 욕구도 가지고 있음을 알 수 있다. 특히 오랜 시간 한 직장에 있는 공무원들은 변화의 필요성을 더욱 강하게 느낄 수 있다.

한번 상상해 보자. 공무원이 책 한 권을 쓰면 어떤 변화가 일어날까? 먼저, 업무 경쟁력이 한층 더 강화된다. 책을 쓰기 위해 깊은 주제의 조사를 하게 되면서 전문지식이 업그레이드된다. 이는 업무 수행에 큰 자산으로 작용할 것이며, 동료들과의 지식 공유도 더욱 풍부해진다.

직무만족도와 업무 역량이 향상되어 승진 가능성이 더욱 높아진다. 아이디어를 정리하고 공유하는 능력은 직무 만족도를 높인다. 또한, 저술한 책으로 얻는 성취감은 업무에 대한 헌신과 책임감을 키운다. 이를 통해 리서치, 커뮤니케이션, 문제해결, 보고서 작성 능력 등이 향상되어 승진 기회는 증진하게 된다.

업무를 새로운 시각으로 바라보게 된다. 단순히 일로만 여겼던 것이 이제 다양한 관점에서 책의 소재로 보인다. 이러한 변화는 보다 적극적인 태도로 임하게 한다. 또한, 민원인이 책의 주인공이 될 수 있다는 생각으로 더욱 친절하고 효율적인 서비스를 제공하게 된다. 특히 책을 통해 표현되는 지식과 열정은 민원인들에게 다양한 도움을 줄 수 있다.

공직 후배와 자녀들에게는 모범이 될 수 있다. 나이가 들어서도 최선을 다하는 부모의 모습은 분명히 아이들에게 긍정적 영향을 미친다. 또한, 책을 쓰는 부모는 존경의 대상이 된다. 업무뿐만 아니라 자기 성장을 위해 꾸준히 노력하는 공직 선배의 열정은 후배들에게 큰 동기 부여가 되며, 공직 전체에도 귀감이 된다.

여러 곳에서 강의 요청이 들어올 수 있다. 이는 공무원에게 직접 체감되는 큰 경험 중 하나이다. 언론 인터뷰와 매체 기사를 통해 알려지면 대학, 단체, 기관 등에서 강의 제안이 들어온다. 이를 통해 명성이 쌓이며 전문 분야에서 인정받는 기회를 얻을 수 있다. 또한, 부수입도 가능하다. 물론 공무원이기에 업무와의 조화 및 신고 절차가 필요하지만, 다양한 방식의 수익을 창출할 수 있다.

마지막으로, 책을 쓰면서 얻은 성취감은 더 높은 교육에 대한 욕구를 자극한다. 대학원 등에서 더 깊이 있는 지식을 쌓을 가능성이 열린다. 이러한 학습 기회는 자신이 성장하는 계기가 되어 새로운 분야에 대한 흥미를 발견하게 한다. 또한, 평생교육의 중요성을 체감하며 내가 얻은 지식과 경험을 다른 사람들과 나누는 것이 중요하다는 것을 깨닫게 된다.

이 모든 변화는 행복한 공무원 생활의 시작점을 만들 수 있다. 나아가 인생 전체에도 긍정적인 영향을 미친다. 또한, 퇴직 후에도 더욱 활발한 인생을 만들어 갈 수 있다. 강의, 작가, 상담뿐만 아니라 기업, 기관, 단체 등 다양한 분야에서 활약하며 새로운 가능성을 찾을 수 있다. 이것이 바로 내가 책 쓰기를 권하는 이유다.

마치 마음의 창문을 열어 더 넓은 세계로 나가는 것처럼, 책 쓰기의 여정은 인생을 더욱 풍요롭고 의미 있게 만든다. 무엇보다도 끊임없이 도전하고 발전하는 모습은 주변 사람들에게도 긍정적인 영향을 미쳐 더 나은 사회와 세상을 만들어 가는 데 큰 역할을 할 것이다.

📖 내가 만난 공무원 작가 이야기 1

– 나는야 뽀빠이 공무원, 강평석 작가

강평석 작가의 저서 《나는야 뽀빠이 공무원》은 완주군의 로컬푸드와 귀농·귀촌의 성공신화를 직접 만들어 낸 이야기를 담고 있다. 작가는 이 책을 통해 공무원의 땀과 노력이 완주군의 성공을 이끌었음을 보여주며, 소통과 화합으로 노력하면 성공할 수 있다는 메시지를 전달한다.

그의 닉네임인 '뽀빠이 공무원'은 네 살 아이처럼 천진난만한 마음으로 놀이터 같은 완주군을 누빈다는 의미로 한 군민이 지어 주었다. 강평석 작가는 항상 '시대에 맞는 공무원'이 되기 위한 변화를 추구했다. 그의 철학은 단순하다. 공무원의 역할은 가려운 곳을 찾아 해결하는 것이다. 그래서 그는 언제나 현장으로 나가 주민들의 이야기를 듣고, 해답을 찾기 위해 노력했다.

그는 5년 10개월 만에 다니던 증권회사를 떠나 완주군청 지방 세무 7급 공무원으로 임용되어 새로운 도전을 시작했다. 세무과, 재정관리과에서 일하다 희망제작소에서 1년간 파견 근무를 거쳐 농촌활력과, 농업농촌정책과에서 로컬푸드 및 마을 공동체 사업을 담당했다. 2023년 완주군의회 사무국장으로 공직생활을 마친 후, 현재는 카네기평생학습센터장으로 인생 2막을 보내고 있다.

그를 만난 곳은 전주시 완산구에 있는 데일카네기코리아 전북지사 사무실이었다. 따뜻한 환대를 받으며 인터뷰가 시작되었다. 그와 나눈 대화의 주요 내용을 정리해 보았다.

책을 쓰게 된 계기

책을 쓰게 된 계기는 고등학교 친구의 권유였다. 이미 5권의 책을 출간한 친구를 보며 책의 영향력과 지식 공유의 가치를 깨달았지만, 업무 부담과 책 쓰기에 대한 부정적인 시각 때문에 몇 차례 거절했다. 그러던 중, 비슷한 고민을 하는 12명의 동료와 함께 책 쓰기 지도를 받으며, 서로의 경험을 공유해 첫 번째 책을 완성했다.

"혼자서 썼다면 6~7년은 걸렸을 겁니다. 하지만 동료들과의 협력 덕분에 초고를 3개월 만에 썼고, 출판사와 연결되어 1년 6개월 만에 책을 완성할 수 있었습니다."라며 출판사와의 연결이 가장 어려웠지만, 전문가인 친구의 지원 덕분에 책을 완성하는 과정이 한결 수월했다고 강조했다. 결국, 출판사와 코칭의 도움으로 어려운 문제를 해결할 수 있었다.

책 출간 이후의 변화

"'뽀빠이 공무원'이라는 브랜드를 갖게 된 것이 가장 큰 변화였어요. 이 책 덕분에 '뽀빠이 공무원'이라는 닉네임이 유명해졌죠. 이름은 몰라도 완주군 뽀빠이 공무원은 어디서나 알아보았어요."라고 말했다.

그는 이로 인해 강의 요청이 늘어났고, 공무원교육원과 지방자치인재개발원 등에서 강의를 했다고 전했다. 특히, 전라북도 공무원교육원에서는 약 1년 동안 강사로 활동하며 교육을 진행했다. 이러한 변화는 모두 책 덕분이었다고 강조했다.

마케팅 전략

마케팅 전략은 다양한 방법으로 이루어졌다. 먼저, 완주군 견학에 참여한 분들과 기관, 단체 관계자의 명함을 수집해 메일을 보내는 방법을 활용했다. 또한, 교육에 참여한 사람들에게도 책 관련 정보를 메일로 전달했다. 이를 통해 수천 명에게 정보를 전달하는 시스템을 구축했다.

그는 "완주에 있는 지방자치인재개발원을 통해 공무원들을 대상으로 팸플릿을 제작해 휴게실 등에 게시했던 것이 효과가 컸어요. 팸플릿에는 완주군의 관광 정보와 함께 책의 내용을 소개했죠. 이를 통해 자연스럽게 책을 접하도록 유도했어요."라고 말했다. 이러한 마케팅 전략을 통해 책은 2쇄 발행으로 약 3,000여 권이 판매되었다.

책 쓰기에 도전하려는 공무원에게 전하고 싶은 조언

책 쓰기는 어렵고 중간에 포기하기가 쉽기 때문에 처음의 각오와 목표를 유지하며 지속적으로 기록을 남기는 작업이 필요하다고 했다. 특별한 상황에서 당시의 감정과 느낌을 자세히 기록하는 것이 도움이 되며, 어떤 상황에서 느낀 감정이나 생각은 시간이 지나면 잊힐 수 있으므로 빠르게 정리하고 기록해 두는 것을 강조했다.

그는 이어서 "민원 처리 과정이나 특이한 사례들을 기록해 두면 나중에 참고하기 좋아요. 이러한 기록들은 언젠가 책을 쓸 때 큰 도움이 돼요."라고 말했다. 또한, "책을 쓰기 위한 준비는 서두르지 말고 천천히 쌓아 나가야 해요. 일상 속 사소한 노력이 시간이 흘러 더 큰 가치를 창출하게 되거든요."라고 조언했다.

앞으로의 계획

시설직 공무원과 달리 행정직 공무원들은 자격증 취득이 어렵고 퇴직 후 취업도 쉽지 않다. 이를 대비해 현직에서는 업무에 최선을 다하면서 동시에 책을 쓰고 카네기 교육을 받았다. 이를 통해 브랜드를 구축하고, 카네기 교육을 통해 소중한 친구들과 인연을 맺었다.

그는 "매년 국내외로 여행하며 사진을 찍는 데 즐거움을 느끼고 있어요. 최근에는 포토 에세이 《일상, 여행, 순간을 찍다》라는 책으로 출간하고, 유튜브, 블로그, 페이스북을 통해 공유하고 있어요."라고 말했다. 특히, 책 쓰기가 자신에게 여유롭고 행복한 삶을 위한 가장 중요한 요소라고 강조했다.

인터뷰를 통한 필자의 생각

인터뷰를 통해 강평석 작가가 전한 말 중 가장 기억에 남는 것은 "공무원이 퇴직하면 박물관이 하나 없어지는 것과 같습니다. 그래서 책으로 공무원의 경험과 노하우를 남길 필요가 있습니다."라는 말이었다. 이는 그가 책을 쓴 이유를 잘 보여주며, 책 쓰기의 진정한 가치를 표현하고 있다.

특히, 책 쓰기를 자유롭고 독립적인 삶을 추구하기 위한 중요한 수단으로 인식하며 즐기는 모습이 인상적이었다. 더불어, 페이스북, 여행, 사진 촬영, 그리고 글쓰기를 통해 퇴직 후 풍요로운 삶을 즐기고 있는 그의 모습에서 큰 동기부여를 받았다.

이제 두 번째 책을 출간한 강평석 작가의 더욱 멋진 활약을 기대하며, 정성껏 인터뷰에 응해준 그에게 감사한 마음을 전한다.

강평석 작가와 기념촬영

02

공무원의 어려움을 극복하는
계기가 된다

지난 수십 년간 공무원은 안정적이고 존경받는 직업으로 여겨졌다. 그러나 최근에는 이러한 인식이 변화하고 있다. 공무원 시험이 꿈과 희망의 시작이었던 시기는 과거의 이야기가 되고 있다. 최근 '공무원 인기 시들'이라는 언론 보도는 공무원들이 직면한 어려움과 고민을 반영한다.

실제로 공무원들과 대화하다 보면 놀라운 이야기를 듣게 된다. 젊은 공무원들이 사직하는 경우가 부쩍 늘어나고 있다는 것이다. 얼마 전까지만 해도 보기 힘든 모습이다. 지금까지는 공무원이 되면 정년까지 다니는 안정적인 직장으로 인식되었다. 그러나 최근에는 젊은 공무원들이 힘들고 어려운 상황에 직면하면 쉽게 퇴직을 결정하는 직업으로 변하고 있다.

무엇이 이렇게 만들었을까? 우선 낮은 임금을 꼽을 수 있다. "민원인들 욕받이는 기본이고 일을 아무리 많이 해도 월급은 180만 원, '현타' 와서

관뒀습니다." 2021년 하반기, 경기도의 한 공공기관에서 9급 공무원으로 일했던 A씨가 공무원이 된 지 6개월 만에 사직서를 던지며 한 말이다.

이 사례는 공무원이 안정적인 경제적 보장을 기대하기 어려운 처지를 보여준다. 공무원의 임금은 높은 교육 수준과 경쟁력을 요구하는 직업임을 감안하면 상대적으로 낮다. 낮은 임금은 경제적 안정성과 생활 만족도에 영향을 미쳐, 청년들의 선택을 어렵게 만든다. 이는 공무원의 인기가 감소하는 주요 요인 중 하나다.

민원 처리 과정에서의 갈등도 공무원들을 어렵게 한다. 민원인들의 수준이 높아지고, 요구사항도 증가하였다. 요구가 받아들여지지 않으면 압박을 가하는 일이 빈번하다. 집단 민원은 더욱 강도 높은 수단을 사용하여 자신들의 이익을 관철하려고 한다. 이로 인해 공무원들은 업무에서 더 어려움을 느끼게 되며, 정신적 압력과 스트레스가 증가한다. 이는 업무 수행에 부정적인 영향을 미친다.

공무원의 또 다른 고충은 정치적 요구에 따른 이해충돌이다. 과도한 정치적 지시와 외부의 개입으로 어려움이 가중되고 있다. 이는 공무원들이 업무에 집중하는 데 제약을 주며, 업무 이외의 에너지를 소모하게 만든다.

공무원들은 현재 과중한 업무량에 시달리고 있다. 물론 부서와 업무의 특성에 따라 차이가 있다. 이에 대해 많은 사람들은 여전히 고개를 갸우뚱

할 것이다. 하지만 최근에는 업무 강도가 높아지고 근무 시간도 길어지고 있다는 사실은 분명하다. 또한, 인력 부족으로 한 명의 공무원이 맡아야 하는 업무가 늘어나고, 휴직자가 증가함에 따라 어려움이 가중되고 있다.

그동안 연금은 공무원의 가장 큰 매력 중 하나였지만, 점점 줄어드는 연금 수령액 때문에 이 장점이 퇴색되고 있다. 따라서 노령화 사회에서 연금만으로는 행복한 노후를 보장하기 어렵다. 이로 인해 공무원들은 경제적 부담과 불안감을 느끼고 있다.

신구 세대 간의 의식 차이와 이로 인한 소통의 어려움도 문제이다. 최근 이러한 어려움을 토로하는 공무원들이 늘고 있다. 이는 해결해야 할 중요한 과제이다. 선배 공무원과 비교하면, 대우와 업무량에서 큰 차이가 있다. 반면, 후배 공무원과는 세대 간의 차이로 효과적인 리더십 발휘가 점점 어려워지고 있다. 중간 위치의 공무원들에게 이러한 상황은 또 다른 고충이다.

이 밖에 공무원의 평판 저하와 기술 발전에 따른 역할 변화도 새로운 어려움이다. 특히 AI 시대의 도래는 공무원들에게 큰 영향을 미칠 것이다. 예를 들어, 자동화된 시스템이 업무 일부를 대체하고 업무 프로세스가 최적화되는 등의 변화가 예상된다. 이러한 변화에 적응하고 새로운 역량을 갖추는 것이 공무원들에게 중요한 과제가 될 것이다.

자신만의 경쟁력 있는 무기를 갖추어야 한다

"우리가 원하는 사람, 우리에게 필요한 사람은 '대체 불가능한' 사람이다."

미국의 소설가이자 기업가인 세스 고딘의 말이다. 그의 저서인 《린치 핀》에서 언급한 이 문장은 공무원이 어려움을 극복하기 위해 무엇이 필요한지에 대한 답을 제시한다. 이는 자신만의 경쟁력 있는 무기를 갖추는 것이며, 이를 통해 현재의 어려움을 극복하고 성공적인 공무원으로 성장하는 지름길이 될 수 있다는 것이다.

자신의 경쟁력 강화를 위해서는 무엇이 필요할까? "머리로 하는 것이 아니라, 가슴으로 하는 것이다."라는 말이 있다. 이는 진심으로 우러나야 한다는 의미다. 상사의 지시나 조직의 분위기도 중요하지만, 내면에서 우러나오는 열정과 동기가 없다면 성과를 내거나 진정한 변화를 이루기 어렵다.

공직생활을 하며 깨달은 점이 있다. 중요한 업무를 맡고 뛰어난 성과를 보이는 공무원은 다른 부서로 이동해도 그 자리에서 전문가로 자리 잡는다. 이들은 인사이동 시기마다 다른 부서에서 보내 달라는 요청이 많아지고, 승진도 빠르게 이루어진다.

왜 이러한 상황이 생길까? 결국, 업무 접근 자세와 방식의 문제이다. 이는 경쟁력을 갖추는 데 가장 중요한 요소이다. 공직의 특성상 다양한 부서를 경험하며 종합적인 업무 능력을 갖추는 것이 일반적이다. 그러나 이제는 한 분야의 전문가로 성장하고, 그 전문성을 자신의 비전과 연결하여 지역사회의 발전에 기여하는 방향으로 전환해야 한다.

한 명의 공직자가 가지고 있는 열정과 능력은 얼마든지 도시나 지역을 변화시킬 수 있다. 이것이 공직자의 전문성을 강조하는 이유이다. 공무원은 개인으로서는 약할 수 있지만, 맡은 권한은 무시할 수 없다. 어떻게 생각하고 행동하느냐에 따라 무슨 일도 해낼 수 있다. 이것이 바로 공무원의 보람이자 매력이다. 모든 공무원을 전문가로 양성하기는 어려울 수 있겠지만, 점진적으로 이러한 방향으로 나아가야 한다.

조직 내에서 대체 불가능한 인재로 성장하려면 명확한 목표와 꿈을 가지고 최선을 다해야 한다. 독자적인 경쟁력을 갖추고, 열정과 헌신으로 능력을 높이며 성과를 창출하는 노력이 필요하다. 이를 통해 시민들에게 즐거움을 선사하며 사회 발전에 이바지하는 공직자로서의 역량을 키워나갈 수 있을 것이다.

책 쓰기로 업무능력을 높인다

"당신의 삶을 풍요롭게 해주는 것은 이제 박사 학위나 좋은 직장이나 자격증이 아니라 당신만의 콘텐츠다."

이 말은 김병완 작가의 《김병완의 책 쓰기 혁명》에 나오는 문장이다. 필자가 좋아하는 문장이며, 책 쓰기 도전의 동기를 잘 표현하고 있다. 두 번째 책의 주제를 공무원 책 쓰기로 정한 이유도 담겨 있다. 비록 많은 책을 출간하지는 않았지만, 책 쓰기를 통해 얻은 행복을 나누고자 한다. 책 쓰기는 어려움을 극복하며 멋진 삶을 만들어 가는 충분한 수단이기 때문이다.

'당신만의 콘텐츠'는 대체 불가능한 사람으로 성장하기 위한 필수 요소이다. 이제는 공무원도 한 분야의 전문성을 통해 경쟁력을 키워야만 조직 내에서 인정을 받을 수 있다. 책 쓰기는 이를 위한 훌륭한 대안이 될 수 있다. 책을 쓰면 독특한 콘텐츠를 창조하고 자신의 능력을 발휘할 수 있다. 이는 대체 불가능한 사람으로 자신을 구축하는 데 큰 도움이 될 것이다.

공무원들에게 책 쓰기를 권한다. 한 권의 책을 쓰는 힘은 엄청나다. 그 책은 공무원들에게 새로운 도약의 기회를 제공한다. 현재의 어려움을 극복하고 꿈과 목표를 이루는 미래의 문을 열어준다. 책을 통해 행복을 추구하는 삶에서 변화를 경험하게 된다. 또한, 책 쓰기를 통한 활력은 사회 발전을 위한 영양소로 역할을 하며, 이를 통해 사회적인 선순환을 이룰 수 있다.

책 쓰기는 자신의 업무능력을 높이는 효과적인 방법이다. 지식과 경험을 나누고 서로 학습할 기회를 얻는 수단이다. 더불어 독자들에게 큰 영감을 주며 사회적 영향력을 확대할 수 있다. 이를 통해 대중과 소통하고 교류함으로써 사회적 신뢰를 얻고, 전문성을 나누는 의미 있는 역할을 할 수 있다.

책을 쓰는 과정에서 공무원들은 업무 개선의 기회를 찾고, 새로운 아이디어와 해결책을 모색할 수 있다. 이는 조직 내 혁신과 성과 향상을 이끌어낸다. 또한, 자신의 경험과 지식을 공유하여 동료들과의 협력과 팀 워크를 촉진할 수 있다. 이는 자연스럽게 조직 전체의 역량을 높이는 데 기여한다. 이러한 책 쓰기의 가치와 중요성은 공무원들뿐만 아니라 사회 전반에 긍정적인 영향을 미친다.

책 쓰기는 단순한 행위 이상의 의미를 담고 있다. 공무원들에게 업무를 넘어선 창의성의 발현이며, 사회와의 소통의 장이 된다. 끊임없이 발전하고 혁신하는 모습을 책으로 기록하는 것은 공무원 역량을 강화하고 더 나은 미래를 만들어 가는 소중한 도구가 된다. 이 모든 노력과 열정이 우리 사회를 더 발전된 곳으로 이끌 것으로 믿는다.

03

나를 변화시키는
최고의 무기이다

"누구나 변화를 원한다. 누구나 다른 사람이 되고 싶다. 더 나은 사람, 아니 어쩌면 그냥 자신을 더 잘 받아들이는 사람이 되고 싶다."

도널드 밀러의 《무기가 되는 스토리》에 나오는 이 문장은 인간의 '변신 욕구'를 강조한다. 이는 우리가 더 나은 자신을 추구하고 변화를 원한다는 내면의 열망을 담고 있다. 비록 개인마다 변화를 추구하는 목표는 다를 수 있지만, 우리는 언제나 삶을 개선하고자 하는 욕구를 지니고 있다. 이는 인간의 본능적 욕망이며, 동물과 구별되는 중요한 특징 중 하나다.

인간은 변화를 통해 개인적인 삶을 발전시키고 더 나은 방향으로 나아가려 한다. 그러나 변화를 추구하는 방식은 각자가 다르다. 우리가 변화를 추구하고 그 의미를 이해하며, 긍정적인 방향으로 나아가는 것은 인생의 핵심 과제 중 하나다.

공무원들은 자신의 변화를 원하고 있다

그렇다면, 공무원들은 변화를 원할까? 일반적으로 변화를 꺼린다고 알려져 있다. 심지어 변화를 싫어하는 사람들이 공무원이 된다고 생각한다. 그러나 내가 공직생활에서 만난 공무원들을 보면, 이런 견해는 틀린 생각이다. 오히려 대다수 공무원은 변화를 원하고 있다는 사실을 확인할 수 있었다.

나는 공무원들과 상담할 기회가 많았다. 대학에서 강의한 경험과 박사과정에서 교육상담학을 전공한 것이 큰 도움이 되었다. 주로 MBTI와 에니어그램 성격유형을 기반으로 상담을 진행했다. 다양한 직업을 거친 경험을 바탕으로 공무원들의 고민을 함께 나누고 대안을 제시하려고 노력했다.

이 과정에서 전문성을 확보하고 미래를 대비하는 방법으로 대학원 진학을 제안했다. 자기 계발을 원하는 공무원들에게는 다양한 세미나 정보를 제공하고 독려했다. 독서와 글쓰기를 통한 자기 발전 방법도 제시했다. 무엇보다 공무원들의 처지를 깊이 이해하며 실질적인 도움을 주기 위한 이야기를 나누었다.

상담 대상은 주로 10년에서 15년 이상의 경력을 가진 6~7급 공무원들이었다. 이들은 대부분 변화의 필요성을 크게 느끼는 시점에 있었다. 공직 초기의 열정과 기대는 시간이 흐르면서 사라지고, 조직의 구성원으로서 묻혀 있는 자신을 발견하는 경우가 많았다. 매너리즘에 빠진 자신을 못마

땅해하는 경우도 흔했다.

처음 공직에 들어섰을 때의 사회적 책무와 비전은 시간이 흐르면서 조직의 분위기에 녹아들며 변화의 필요성을 더욱 체감하고 있었다. 자신의 의지가 무뎌지는 현실에 대한 문제의식을 지닌 공무원들이 많았다. 나는 이러한 과정을 통해 그들에게 변화가 필요하다는 확신을 가지게 되었다.

공무원들은 분명히 자신의 변화를 원하고 있었다. 다만, 조직 문화로 인해 실천을 주저할 뿐이었다. 또한, 변화의 불확실성에 대한 두려움과 실천 방법을 모르는 경우가 많았다. 결국, 공무원들은 변화를 모색하고 있지만 이를 구체적으로 실행하는 데 현실적인 어려움이 있는 것이다.

공무원들에게 긍정적 변화가 필요하다

그렇다면 공무원들이 변화를 추구하는 데 어떤 장애물이 있을까? 공무원들에게 분명히 긍정적인 변화가 필요하며, 변화를 향한 열망도 크다. 하지만 이를 현실적으로 구현하는 데에는 다양한 제약이 있다. 이러한 장애물을 인식하고 극복하는 것이 더 나은 변화를 이루는 첫걸음이다.

먼저, 정년이 보장된 상황에서 굳이 변화가 필요한지에 대한 의문이다. 많은 공무원은 정년까지 안정된 직장을 보장받기 때문에 새로운 도전이나 변화의 필요성을 체감하지 못할 수 있다. 이는 "조건에 의해 반응한다"라는 원리와 관련이 있다. 즉, 주어진 조건에 따라 생각과 행동이 결정된다는 것이다. 정년의 보장은 큰 장점이지만, 동시에 변화를 통한 성장과 발전을 어렵게 만든다.

하지만, 역발상으로 생각해 보자. 오히려 정년이 보장되기 때문에 변화에 적극적으로 도전해 보는 것은 어떨까? 도전이 대단한 것은 아니다. 대부분 자기 성장과 관련된 것이다. 정년까지 안정된 직장과 보장된 급여, 연금이 있는데 시도해 보지 않을 이유가 없다. 중도에 포기하더라도 크게 문제가 되지 않는다. 다른 직업이나 사업은 생계에 지장을 줄 수 있어 우선순위에 밀리거나 시도하기 어렵지만, 공무원에게는 그런 위험이 거의 없다.

변화와 성장은 개인의 선택에 달려 있다. 공무원들도 정년이 보장되는 장점을 활용해 새로운 도전과 변화를 통해 성장할 수 있다. 이제는 다른 관점에서 바라보자. 굳이 변화가 필요한지에 대한 의문을 갖기보다, 정년이 보장된 상황을 변화와 도전을 위한 좋은 기회로 보는 것이다.

또한, 변화를 실천하고 싶지만 어떻게 해야 할지 모르는 경우가 많다. 변화를 원하더라도 실현 방법을 모르기 때문에 의지와 행동 사이에 차이가 생긴다. 이는 마치 길을 찾지 못하고 주위를 맴도는 것과 같다. 이 또한 변화의 과정에서 중요한 장애물 중 하나다.

이러한 장애물을 극복하기 위한 세 가지 방법이 있다. 첫째, 지식과 정보를 얻는 것이다. 다양한 전략과 성공 사례를 배우고 이해함으로써 변화를 이끌 수 있다. 둘째, 도움을 청하는 것이다. 동료나 전문가와 대화하여 아이디어를 나누고 조언을 구하면 새로운 시각을 얻을 수 있다. 셋째, 작은 단계부터 시작하는 것이다. 모든 것을 한 번에 바꾸려 하지 말고 작은 성공을 쌓으며 점진적으로 변화를 추진하는 것이다.

결국, 변화를 원하지만, 방법을 모르는 상황에서 지식을 습득하고 도움을 청하며 작은 단계부터 시작하면 장애물을 극복할 수 있다. 변화를 추구할 때는 목표를 정하고 계획을 세우며 꾸준히 노력하는 것이 핵심이다. 이러한 접근은 변화를 지속적이고 효과적으로 이루는 동시에 성장하는 기회를 제공한다.

책 쓰기는 나를 변화시키는 최고의 무기이다

지금까지 공무원들이 변화를 원하는지와 변화를 이루기 위한 장애물에 대해 살펴보았다. 그렇다면 변화를 추구하는 데 있어 최고의 무기는 무엇일까? 변화를 이루기 위해서 할 일은 많다. 주변에는 다양한 방법이 있다. 하지만 무엇보다 자신에게 의미 있는 것을 찾는 것이 필요하다.

변화를 추구할 때, 내면의 가치에 부합하고, 오랫동안 지속할 수 있어야 한다. 변화를 이루는 노력이 개인의 성장으로 이어질 때 더 큰 동기와 열정을 가질 수 있다. 중요한 것은 실천이며, 자신만의 방식으로 나아가는 것이다. 이것이 지속적인 변화를 추구하기 위한 요소이다.

나는 최고의 무기는 책 쓰기라고 단언한다. 이유는 두 가지이다. 첫째로, 책 쓰기는 누구나 쉽게 도전할 수 없기 때문이다. 둘째로, 책 쓰기의 변화는 놀라울 정도로 크기 때문이다. 만약 누구나 손쉽게 도전할 수 있다면, 그 도전을 통해 얻는 기쁨이 크겠는가? 쉽게 얻을 수 있는 것이라면, 인생의 목표와 비전을 바칠 수 있겠는가? 이것이 책 쓰기를 최고의 무기라고 생각하는 이유다.

한 권의 책을 쓰는 경험은 어떤 변화보다 크게 다가올 것이다. 책 쓰기는 쉽지 않은 도전이지만, 그 가치는 매우 크다. 특히 공무원에게 매력적인 이유는 공무원의 성향과 조건에 잘 맞기 때문이다. 공무원이 책 쓰기에 적합한 이유는 다음 장에서 자세히 다루겠다.

공무원에게 책 쓰기는 개인의 내면을 탐구하고 사회적 역할을 발전시킬 소중한 기회가 된다. 책을 통해 다양한 경험과 지식을 기록하고 공유하면서 새로운 아이디어와 관점을 얻을 수 있다. 이는 공무원이 더 큰 목표와 가치를 실현하는 유용한 도구로, 잠재력을 발휘하고 성장하는 훌륭한 수단이 될 것이다.

승진보다
책 한 권이 낫다

"공무원은 누구에게 충성할까? 10여 년의 공무원 생활에서 내가 얻은 답은 바로 '자기 자신'이다."

이 문장은 작가 영지의 《애썼다, 오늘의 공무원》에서 나오는 말이다. 이는 공무원뿐 아니라 모든 직장인이 한 번쯤은 스스로에 던져볼 만한 질문이며, 공무원이라는 특수성으로 인해 한 번 더 생각하게 한다. 또한, 다른 직종들과 비교하여 공무원의 차별성을 고민하게 된다.

8년 동안 공직을 경험한 입장에서 그 의미를 이해할 만하다. 공무원이라 해도 별반 다르지 않다는 것을 의미한다. 공무원도 삶을 유지하기 위해 선택한 직업일 뿐이다. 어쩌면 행복과 성취를 추구하며 공무원 생활을 하다가 자연스럽게 알게 되는 사실일지 모른다.

하지만, 공무원의 역할을 생각해 보면 다르게 바라보게 된다. 이들의 사회적 역할이 작지 않기 때문이다. 우리 사회에서 공무원들에게 특별히 요구하는 기대가 있다. 공무원들은 사회 발전의 필수 동력으로 작용하며, 시민들의 불편과 문제를 해결하는 임무를 맡고 있다. 이러한 이유로 그들의 역할과 기여는 중요하게 인식되며, 사회의 안정과 질서를 유지하는 데 핵심적인 역할을 담당한다. 또한, 공무원들의 노력과 헌신은 우리 모두의 생활에 긍정적인 영향을 미친다.

공무원은 우리에게 숨 쉬는 공기와 같은 존재이다. 있을 때는 그 소중함을 모르지만, 없을 때는 불편함을 크게 느낀다. 특히 위험에 처했을 때 가장 먼저 도움을 요청한다. 불만족이 있을 때는 공무원들을 강하게 질타하기도 한다. 어떤 상황에서도 그들의 존재는 불가결하다. 사회에 없어서는 안 될 직업이기 때문이다. 실제로 공무원이 없다면 우리 사회의 원활한 운영이 어려울 것이다.

공무원들은 높은 책임 의식이 요구되며, 사회적 이익을 추구하게 한다. 따라서 공무원은 일정 수준 이상의 역량과 자질을 갖춘 사람들로 구성되어 있다. 이는 어려운 시험을 통과해야만 자격이 부여되는 이유이기도 하다.

공무원에게 승진은 어떤 의미인가?

공무원들은 다른 직업에 비해 승진에 몰두하는 경향이 강하다. 그들에게 승진은 단순한 진급 이상의 의미를 지니며, 사업가의 재무적 성공과 마찬가지로 중요한 목표이다. 실제로, 이는 사업가가 돈을 얻는 것만큼이나 가치 있는 것으로 여겨진다.

공직생활을 하며 공무원들이 승진에 대한 기대와 관심을 직접 체감하면서, 승진에 열정을 쏟는 이유를 이해할 수 있었다. 승진 과정에서 그들이 어떻게 노력하고 절망하는지를 목격했다. 특히 승진의 길목에서 밀리는 경우 병까지 생기는 모습을 보며 마음이 아팠던 기억이 남아 있다. 이러한 경험을 통해 공무원들의 처지를 이해하고 공감하는 것이 어렵지 않았다.

그렇다면, 공무원들이 승진에 이토록 몰두하는 이유는 무엇일까? 이는 공무원 조직의 특수성에서 찾을 수 있다. 이들은 능력과 성과보다는 주로 조직 내 수직적인 지위와 권한을 중요시하는 경향이 있다. 최근에는 능력과 성과를 강조하는 승진 체제가 점차 확산되고 있지만, 여전히 기존의 연공과 서열 중심의 문화가 자리 잡고 있다. 이로 인해 공무원들은 조직 내에서 승진을 통해 자신의 위치를 확립하고 권한을 행사하고자 하는 경향이 강하다.

긴 기간 한 직장에서 머무르면서 나타나는 현상일 수도 있다. 자신에 대한 능력을 인정받는 유일한 방법으로 느껴지기 때문이다. 공무원은 다른 직장으로 이동이 어려운 특성이 있다. 그래서 승진은 그 어떤 것보다도 중요한 목표가 된다. 조직 내에서 자신의 존재감을 확인하고 더 높은 위치에 올라갈 수 있는 유일한 수단이기 때문이다.

특히 지방자치단체에서는 '육포자'라는 말로 잘 알려져 있는데, 이는 승진을 포기한 6급 공무원을 지칭하는 말이다. 어떤 사람들은 농담처럼 이들이 세상에서 가장 무서운 존재라고도 한다. 승진을 포기하면 더는 무서울 게 없다는 쓸쓸한 의미가 담겨 있다. 이는 오랫동안 같은 곳에서 근무하다 보면 시야가 좁아져서 더 넓은 곳을 보지 못하는 한계를 보여주는 단면이기도 하다.

가족, 후배, 지인들과의 자존심도 연관이 있다. 나는 공무원들에게 "공무원이 승진을 목표로 하는 가장 큰 이유가 무엇인가요?"라는 질문을 자주 던졌다. 의외로 많은 공무원이 "가족과 후배들에게 자신을 자랑스럽게 보여주기 위해 승진하려고 한다."고 대답했다.

지방자치단체의 꽃이라고 불리는 사무관 승진에 대해서는 더 적나라한 감정을 드러낸다. "승진하지 못하면 창피해서 얼굴을 들고 다닐 수가 없다."라는 감정을 표출하기도 한다. 이러한 이야기를 들으면 인간적으로 공감되지만, 한편으로는 왜 이렇게까지 승진에 집착하는지 의아해진다.

그러면서 자연스럽게 생각해 보는 것이 있다. 30년이 넘는 공직 생활 동안 자신을 자랑스럽게 보여줄 수 있는 것이 단지 승진밖에 없는가? 또한, 승진하지 못하는 것이 그렇게 창피한 일인가? 과연 승진만을 최고의 가치로 여기며 30년 넘게 공직 생활을 하는 것이 옳은 선택인지에 대한 근본적인 의문이 든다.

사실 승진은 능력과 노력뿐만 아니라 운도 큰 역할을 한다. 승진에 대해 이야기할 때 '운칠기삼(運七技三)'이라는 말을 많이 한다. 이는 운이 70%, 노력이 30%라는 의미로, 공무원의 임용 시기나, 승진 시기, 퇴직자 수, 의사결정자와의 관계 등 다양한 요인들이 승진에 큰 영향을 미친다는 것을 뜻한다.

또한, 공무원의 직렬도 밀접한 영향을 미친다. 특히 지방자치단체에서는 행정직에 비해 토목직, 건축직, 환경직, 보건직 등 소수 직렬이 승진에서 불리한 조건을 겪는다. 이는 승진이 능력과 성과만으로 설명되기 어렵다는 현실을 보여준다. 따라서 승진이 자신의 노력과 반드시 연관되지 않음을 나타내며, 비록 승진이 되지 않더라도 낙담하거나 자신을 폄훼할 필요가 없다는 점을 강조하고 싶다.

물론 공직생활에서 승진은 자신의 존재 가치를 입증하는 가장 강력한 수단이다. 또한, 승진을 통해 조직 내에서 중요한 역할을 맡으며 자신을 성장시키는 동력이 된다는 점을 부인할 수 없다. 그러나 이제는 승진만을 최고의 가치로 여기는 것이 아니라, 현재 상황에 맞게 자신만의 가치 있는 일을 찾아내는 것이 더 의미 있는 선택이 아닐까?

승진보다 책 한 권이 더 큰 가치를 지닌다

공무원에게 과연 승진이 행복을 보장해줄 수 있을까? 다시 말해, 승진이 중요하지 않다는 것은 아니다. 승진은 업무 수행과 조직 내 인간관계에서 성취를 이루는 유용한 수단이며, 공직생활에서 긍정적인 결과를 만드는 중요한 역할을 한다.

나의 경험을 비추어 볼 때, 공무원에게 있어 가장 중요한 것은 '인사'와 '감사'이다. '인사'는 성장을 위한 적극적인 태도와 성과의 중요성 등을 나타내며, '감사'는 리스크 관리와 법규에 입각한 감독 등과 연결된다. 이 두 가지 중 어느 비중을 두고 공직 생활에 임할지 고려해야 한다. 내 견해로는 '인사'와 '감사'를 각각 60%, 40%로 비중을 두는 것이 이상적이라는 생각이다.

'감사'에 지나치게 집중하면 업무 태도가 경직되고 유연성이 부족해지며 소극적인 태도가 강조될 수 있다. 반면 '인사'에 지나치게 집중하면 리스크를 예측하지 못한 실수가 발생하고, 각종 사업 관리 감독을 소홀히 할 우려가 있다. 중요한 것은 이 두 요소의 적절한 비중을 유지하며, 업무에 유연하고 적극적인 자세로 임하는 것이다.

그렇다면 승진에 지나치게 열중하게 되면 어떤 문제가 생길까? 먼저, 조직 내에만 관심이 집중될 수 있다. 이로 인해 만나는 사람과 교류가 협소해질 우려가 있다. 다양한 사람들과 교류하며 시야를 넓히는 것도 중요하다. 이는 더욱 건강하고 풍요로운 공직생활을 구축하는 데 도움이 된다.

또한, 단기적인 목표에만 집중하면 자기 계발과 성장에 대한 투자를 미룰 수 있다. 이는 퇴직 후의 삶과 직결되는 문제로 미리 준비하지 않는다면 언젠가는 후회할 수 있다. 그 중요성은 공직생활 동안 승진은 당장의 중요한 목표처럼 느껴지지만, 인생 전체를 생각해보면 시간이 흐르면서 그 중요성은 줄어들 수밖에 없다.

이처럼 공무원에게 승진만이 최고의 가치일 수 없다. 단기적인 목표에만 급급하다가 퇴직 후를 대비하지 않으면, 긴 시간 동안의 노후 생활에서 어려움을 겪을 수 있다는 사실을 명심해야 한다. 이제는 연금만으로 행복한 노후를 보장하기 어렵다. 따라서 먼 안목으로 자신의 행복을 위한 장기적인 계획을 세우는 것이 중요하다.

이런 관점에서 '승진보다 책 한 권이 낫다'라는 말을 염두에 둘 필요가 있다. 물론 당장은 책 한 권이 승진보다 더 많은 것을 주지는 않는다. 그러나 좀 더 먼 안목에서 바라본다면 오히려 책 한 권이 공무원에게 더 큰 가치를 줄 수 있다. 따라서 당장 승진에만 몰두하기보다는 퇴직 후의 삶을 생각하며 균형 잡힌 공무원 생활을 하는 것이 중요하다. 이를 통해 개인의 행복을 추구하고, 더 나은 노후를 준비할 수 있을 것이다.

- 젊은 공무원에게 묻다, 윤기혁 작가

윤기혁 작가의 저서 《젊은 공무원에게 묻다》는 자신이 꿈꾸는 사회를 만들어 가기 위해 선한 노력을 이어가는 공무원들의 모습과 그들의 일이 사회에 미치는 영향을 인터뷰 형식으로 담아낸 책이다.

윤기혁 작가는 대학 졸업 후 사기업에서 일하다가 국가직 7급 공개경쟁 채용시험을 통해 공무원이 되었다. 현재는 환경부 소속 기관에서 근무하며, 공직생활 중 세 권의 책을 출간했다. 첫 번째 책은 육아휴직 경험을 일기 형식으로 쓴 《육아의 온도》이고, 두 번째 책은 공동 제작한 《육아살롱 in 영화, 부모3.0》이다. 《젊은 공무원에게 묻다》는 그의 세 번째 책이다.

인터뷰는 서울역 앞 서울스퀘어 내에 있는 카페에서 진행되었다. 연휴를 앞둔 금요일 황금 같은 저녁 시간에도 인터뷰에 응해준 작가에게 감사함을 느꼈다. 밝은 분위기 속에서 나눈 대화 내용을 정리해 보았다.

책을 쓰게 된 계기

2012년, 육아휴직을 결정했다. 당시 남성의 육아휴직이 흔치 않았다. 첫째가 태어난 후에 아내가 복직하면서 아이를 어린이집에 데려다주는 일을 번갈아 맡게 되었다. 그럴 때마다 아이가 우는 모습을 보며 '나는 어디로 가고 있는가?'라는 생각이 들었다. 아이와 보내는 시간이 얼마나 소중한지를 느끼며, 더 많은 시간을 보내겠다고 결심했다.

처음 책을 쓰게 된 계기는 육아 일기였다. "시간이 흐르면 이 순간을 잊어버릴 것 같았어요. 아이와의 소중한 순간을 일기처럼 기록해 나중에 공유하고 싶다는 생각이 들었죠. 그래서 육아 일기를 쓰기 시작했어요." 이후 아빠들의 육아 모임에 참석하면서 한 기자가 신문사에 기고를 제안했다. 처음에는 아이에게만 전하려던 이야기였지만, 비슷한 고민을 지닌 부모들과 나누고 싶다는 생각이 들었다. 결국 이것이 책으로 발전했다.

책 출간 과정

원고를 완성한 후 출판사를 찾는 과정에서 많은 어려움을 겪었다. 출판사를 일일이 컨텍하면서 '소모'라는 출판사를 만나게 되었다. 최종 출판사와 계약하기까지는 쉽지 않았지만, 편집자와의 즐거운 소통을 통해 책을 만들었다. 이 과정은 약 1년 정도 시간이 소요되었다. 2012년에 육아휴직을 시작한 후 원고 글이 2013년까지 쌓였고, 2014년에 첫 책을 출간하게 된 것이다. 이후 두 번째 책은 육아와 관련된 내용으로 공동작업으로 진행되었다.

세 번째 책의 출간 과정에 대해서는 이렇게 설명했다. "첫 책을 출간할 때, '남해의 봄날'과 처음 미팅을 했지만, 회사 내부 사정으로 진행되지 않았어요. 그래서 '소모출판사'와 진행했죠. 이후 '소모출판사'와 아빠들의 육아 이야기를 담으려 인터뷰를 기획했지만, 책이 출간되지 않았어요. 그때 만난 분이 '남해의 봄날'에 있었고, 이후 그 출판사에서 공무원 관련 인터뷰 형식의 책을 제안하여 함께 진행하게 되었어요."

육아휴직을 활용한 공무원 책 쓰기

작가는 육아휴직을 활용한 공무원 책 쓰기가 매우 유용한 전략임을 강조했다. 그는 육아휴직 중 여가 시간을 활용하거나 밤에 글을 썼다. 근무 중에는 업무 시간에 글쓰기가 어려웠고, 주변 시선을 의식해야 했기 때문이다. 따라서 책 쓰기를 처음 시작할 때는 육아휴직과 같은 제도를 적극 활용하는 것을 권장했다.

"복직한 후, 첫 번째 책의 원고를 마무리할 때는 회사 일을 병행하며 출판사와의 협업을 했어요. 출퇴근 시간에는 지하철에서 40~50분 글을 첨삭하거나 컨셉을 다듬었죠. 처음에 쓴 내용과 출간된 책 사이에는 많은 변화가 있었기 때문에, 이러한 작업이 필요했어요. 원고가 쌓이면 출퇴근 시간뿐만 아니라 점심시간도 편집 작업에 활용하곤 했어요."라며 자투리 시간 활용의 중요성을 설명했다.

책을 쓴 이후의 변화

그는 변화를 이렇게 설명했다. "드라마틱한 변화보다는 삶 그 자체, 특히 자녀와의 관계에 대해 더 깊이 생각하게 되었어요. 또한, 상대방의 시각을 존중하는 태도를 키울 수 있었죠. 이제는 다른 사람을 이해하고, 그에 맞는 방법을 찾아가는 데에 좀 더 여유를 가질 수 있게 된 것 같아요."

또한, 공무원이 아닌 다양한 사람들을 만나는 기회도 얻었다. 잡지사에 계신 분들뿐만 아니라 '양성평등교육진흥원'과 '세바시'에서 진행한 북토크 'DEI 시대, 일하는 사람들의 문화를 바꾸다'에도 참가했다. 이러한 활동을 통해 유명한 분과의 만남을 통해 새로운 시야를 얻을 수 있었다. 이처럼 다양한 사람들과의 소통은 여러 면에서 긍정적인 변화로 이어졌다.

책 쓰기와 승진과의 관계

육아휴직 이전에는 조직에서의 인정과 승진을 더 중요하게 생각했다. 그러나 육아휴직을 통해 다시 조직 생활로 돌아가면 이러한 경험을 다시 할 수 없을지도 모른다는 생각으로 이 시간을 기록하고 싶었다. 이를 통해 내적 성장을 더 중요하게 여기게 되었고, 책 쓰기를 통해 자기를 관찰하고 삶의 깊이를 생각할 수 있었다.

책 쓰기와 승진에 관한 생각을 이렇게 밝혔다. "조직에서 승진하려면 누군가를 끌어주는 사람을 만나고 그 라인을 따라가게 되면 그 속에서 빠져나오기가 쉽지 않게 되죠. 그러나 승진이라는 목표에서 조금만 벗어나도 삶의 다른 측면을 적절히 조절할 수 있다는 점을 깨달았어요. 책 쓰기와 같이 내면의 성장과 삶을 다양한 측면을 관찰하고 즐길 수 있는 시간을 가진다면, 그것이 삶에서 큰 행복이 될 수 있다고 생각해요."

책을 쓰고 싶은 공무원에게 해주고 싶은 조언

윤기혁 작가는 일기를 쓰는 과정에서 기록의 즐거움을 느꼈다고 말했다. 마음이 차분해지고, 사람과의 관계에서도 적절한 거리감을 유지하는 데 도움이 되었다고 했다. 감정을 적는 것이 습관화되면서 업무 노하우를 발전시키며, 이를 사람들에게 전하는 책 쓰기로 이어질 수 있다고 강조했다.

책 쓰기를 시작하는 분들에게 이렇게 조언했다. "너무 막연하게 생각지 말고, 일상을 기록하는 일부터 시작해 보세요. 저금통장처럼 작용하여 큰 변화를 줄 수 있어요. 블로그나 브런치에 글을 공유하면 동기부여가 되면서 다양한 피드백을 받을 수 있죠. 혼자서 글을 쓰다 보면 지루해지고 막연해질 수 있지만, 다른 사람들과 소통하면서 자극을 받을 수 있거든요."

앞으로의 계획

최근에는 공무원으로서의 경험과 성과에 대한 기대가 정책 수행자에게 어떤 영향을 미치는지 되돌아보고 있다. 그는 향후 책 쓰기 계획에 대해서도 언급했다. "공무원으로서의 일상과 조직 생활에 대한 어려움을 정리하여 '공무원 하지 마라'와 같은 컨셉으로 다양한 이야기를 담으려고 합니다."

또한, 동료들과의 생활에 관한 질문과 편견, 공무원의 의미와 가치에 대한 고찰을 통해 다양한 시각과 경험을 공유하고 싶다고 했다. 이를 통해 공무원의 현실과 이상의 차이를 이해하고, 현실에 대한 적응과 변화를 모색하는 방법을 나눌 계획이라고 밝혔다.

인터뷰를 통한 필자의 생각

윤기혁 작가는 지금까지 인터뷰한 공무원 작가들과는 조금 다른 점이 있었다. 대부분은 책 쓰기를 성장의 도구로 여기며 다양한 활동을 전개하는 적극적인 모습이었다. 그러나 윤기혁 작가는 책을 통해 외면보다는 내면의 힘을 키우는 데 집중하는 것으로 보였다.

필자는 그의 이러한 관점이 글쓰기의 본질적인 측면을 일깨우는 데 많은 도움이 될 수 있다는 확신을 갖게 되었다. 또한, 그의 진솔한 이야기와 깊은 통찰력은 큰 영감을 줄 것으로 기대되었다. 이번 인터뷰는 책 쓰기의 여정에서 동반자를 만나는 특별한 시간으로 기억될 것이다.

05

10년을 준비하면,
30년이 행복하다

"100세까지 산다고 치면 50세는 겨우 반환점이다. 이때를 충실하게 산다면 인생의 마지막 순간에 다다랐을 때 참 유익한 삶이었다고 자신 있게 말할 수 있을 것이다."

사이토 다카시의 《50부터는 인생관을 바꿔야 산다》에 나오는 이 문장은 우리의 삶에서 중요한 전환점을 강조한다. 50세를 반환점으로 삼아 남은 인생을 가치 있게 만들 순간임을 알려준다. 특히 공무원들에게는 절정기라고 할 수 있는 이 시기에 무엇을 해야 하고, 어떤 관점으로 보내야만 하는지를 잘 표현하고 있다.

이 시기의 공무원들은 지난 경험을 토대로 앞으로의 기대를 품고 있다. 주어진 임무에 충실함과 더불어 미래를 위한 준비가 중요하다. 10년의 시간은 결코 짧은 시간이 아니다. 이 기간을 효과적으로 활용하면 다가올 30

년을 행복하게 만들 수 있다.

퇴직 후 너무 오랜 세월을 보내야 한다

퇴직 후 오랜 세월을 보내야 한다는 점은 공무원에게 중요한 고민이다. 업무와 직접적인 연관은 없지만, 이는 장기적인 개인 삶의 관점에서 고민해야 할 문제이다. 우리는 앞으로 과거와는 다른 삶에 직면할 것이다. 이에 대해 어떻게 준비해야 할지 생각해야 한다.

이를 깨닫게 해준 사례가 나의 아버지였다. 그는 교육공무원으로 정년을 마치고, 60세에 퇴직한 후 30년을 더 사셨으며 올해 90세로 하늘나라에 가셨다. 아버지께서 퇴직 후 시간이 지나면서 예전에 어떤 일을 하셨는지 기억이 잘 나지 않을 정도로 세월이 길었다. 연금도 꽤 받으셨고, 잔병 없이 건강하게 지내셨다. 고등학교 동창회에 적지 않은 금액의 장학금을 기탁하시고, 손주 5명을 자랑스럽게 여기셨다. 평범한 것 이상의 삶을 사신 것은 분명하다.

내가 이야기하고 싶은 것은, 과연 30년 넘는 퇴직 후의 시간 동안 풍요롭고 행복하게 사셨는지이다. 부모의 삶을 자식으로서 평가하는 일은 어렵다. 또한, 그것이 옳은 일인지 잘 모르겠다. 한편으로는 부모의 노후를 행복하게 보내는 것에는 자식으로서도 일정한 책임이 있음을 잘 알고 있다.

나는 아버지를 통해 분명히 깨달은 바가 있다. 우리의 삶에서 마지막 30

년은 인생의 종착점에서 가치 있는 삶으로 마무리하는 매우 중요한 시기이다. 따라서 퇴직 전에 이를 어떻게 준비해야 할지는 최우선으로 고려해야 할 문제이다.

많은 사람들은 이러한 준비를 제대로 하지 않는다. 공무원처럼 안정된 조직에서도 마찬가지이다. 대부분 퇴직 후에야 그 어려움을 체감한다. 그때는 이미 늦다. 조직을 떠난 후 혼자 남겨진 상황에서 새로운 시작은 더 어렵다. 종종 퇴직 직전에 문제를 깨닫고 급하게 준비하는 사람들도 많다. 하지만, 30년 이상의 긴 세월을 단 몇 년의 준비로 대비할 수는 없다.

최소한 10년은 필요하다. 이 정도 기간을 투자해야 30년 넘는 노후를 풍요롭게 보낼 수 있다. 물론, 젊은 시절부터 준비하는 것이 가장 이상적이다. 그러나 어릴 때부터 노후를 준비하는 것은 어렵다. 그래서 50세부터 퇴직까지의 10년은 매우 소중한 시간이다.

30년 넘는 미래를 예측하고 계획하는 일은 쉽지 않다. 특히 치열한 삶속에서 이를 준비하는 것은 더욱 어렵다. 혼자서 해내기 힘든 만큼, 준비 과정에서 가족, 친구, 동료의 조언과 지지가 중요하다. 이는 단순히 노후 준비를 넘어 삶의 방향을 재조정하는 과정이기 때문이다.

지금부터 퇴직 후의 삶을 위해 충분한 시간과 노력을 투자해야 한다. 이 과정은 단순한 은퇴 후의 변화가 아닌, 미래를 위한 준비로 인식해야 한다. 이제부터라도 퇴직 후의 소중한 삶의 가치와 목표를 실현하기 위한 준비를 시작해야 한다.

책 쓰기로 혼자 있는 삶을 즐긴다

퇴직 후를 준비하지 않았을 때 발생할 문제를 생각해 보자. 공무원들이 종종하는 착각이 있다. 연금만으로 충분하다는 생각이다. "연금이 있는데 추가로 무엇을 준비해야 하나?"라는 의문을 가질 수 있다.

이렇게 연금만으로도 삶을 유지하는 데 충분하다고 생각하는 사람들이 많다. 나이 들어 지출이 적을 것이라 여기며 별문제가 없다고 생각한다. 연금을 '마르지 않는 샘물'이라 표현하기도 하는데, 그만큼 연금의 혜택이 크다는 점도 사실이다.

하지만 여기에는 몇 가지 고려할 점이 있다. 우선, 연금 수령액이 앞으로 현저히 줄어들 가능성이 크다. 특히 현재 50세 미만의 공무원들에게는 연금만으로 충분한 노후를 보장하기 어렵다. 과거에는 60세에 은퇴 후 10~15년간 연금으로 생활할 수 있었지만, 이제는 30년 이상의 노후를 준비해야 한다. 이는 인생에서 3분의 1을 다시 살아가야 한다는 의미다.

물가 상승률도 고려해야 한다. 물가 상승률에 비해 연금 인상률이 낮다면 안정적인 노후 준비가 어렵다. 높은 수준의 노후를 원한다면 추가적인 경제적 준비가 필요하다. 따라서 퇴직을 앞둔 공무원들이 연금 외의 금전적 수단을 고민하는 것은 자연스럽다.

경제적인 측면 외에도 노후 생활의 질을 위해 꼭 고려해야 할 문제가 있다. 바로 외로움이다. 외로움은 노후를 힘들게 할 수 있는 큰 어려움이다. 부모님과 어르신들을 보면서 이 문제의 중요성을 크게 느꼈다. 특히, 지역과 조직에서 리더 역할을 했던 공무원들은 은퇴 후 외로움을 더 크게 느낄 수 있다. 따라서 외로움은 노후 준비 과정에서 반드시 고려해야 할 중요한 사항이다.

이러한 관점에서 가장 효과적인 선택 중 하나가 책 쓰기이다. 책 쓰기는 외로움을 극복하는 최고의 수단이다. 혼자만의 시간을 필요로 하기 때문에 외로움을 즐길 수 있다. 또한, 책 쓰기와 독서를 병행하면 행복한 노후를 위한 완벽한 조합이 될 것이다.

책 쓰기가 노후에 도움을 줄 수 있는 또 다른 측면은 글을 쓰는 행위가 생각을 체계적으로 정리하고 구조화하는 과정이라는 점이다. 또한, 책 쓰기는 두뇌 활동을 촉진하고, 새로운 아이디어를 창출하며 논리적인 사고를 발전시키는 데 도움이 된다.

더 중요한 점은 글쓰기가 뇌 활동을 유지하고 치매 예방에도 효과적이라는 것이다. 글을 쓰면 뇌가 활성화되어 새로운 아이디어를 떠올리는 데 유리하다. 이는 두뇌 운동과 같은 효과를 가져온다. 뇌를 활발하게 유지하면 노화를 늦추고 기억력을 향상시킬 수 있다.

따라서 연금에만 의존하기보다는 책 쓰기와 같은 창의적이고 의미 있는 활동을 통해 내면의 풍요로움을 찾는 것이 중요하다. 미래를 위한 준비는 재정적 측면뿐 아니라 정신적, 정서적인 측면에서도 신중히 고민해야 한다. 이를 통해 노후의 삶을 보다 가치 있게 채울 수 있다.

퇴직 후 풍요롭고 행복한 삶을 사는 사례로 모험상담가 방승호 작가가 있다. (PART 4. 07 - '내가 만난 공무원 작가 이야기 5'에 수록) 그는 아현산업정보학교에서 교장으로 근무하며 '노래하는 교장 선생님'으로 유명했다. 35년의 교직 생활을 마친 후, 현재 작가, 모험상담가, 강사, 가수, 방송인 등 다양한 분야에서 활동하고 있다.

방승호 선생님은 인터뷰에서 "현직에 있을 때 만족도가 300%라면 퇴직 후에는 3,000% 이상"이라며 자신만의 특별한 인생을 즐기고 있다고 말했다. 인터뷰를 통해 느껴지는 여유와 유쾌함은 삶의 풍요로움을 잘 보여준다.

이처럼 책 쓰기와 같은 창의적 활동은 노후 준비에 꼭 필요하다. 퇴직 후의 시간을 즐기며 의미 있는 노후를 위한 준비는 필수적이다. 이런 준비는 행복하고 의미 있는 노후를 위한 첫걸음이 될 것이다.

우리 삶에서 60세 이후의 시기는 매우 중요하다. 이 시기는 기승전결의 삶에서 마지막 단계인 '결'에 해당한다. 그동안 걸어온 삶의 대미를 장식하는 중요한 순간이다. 또한, 조직을 떠나 개인이 독립적으로 살아가는 시간이며, 누구의 보호 없이 내면의 힘으로 살아가는 진정한 인생의 가치를 드러내는 순간이다.

- 쫓기지 않는 50대를 사는 법, 이목원 작가

이목원 작가의 저서《쫓기지 않는 50대를 사는 법》은 필자가 강조하고 싶은 '10년을 준비하면, 30년이 행복하다'라는 메시지와 맞닿아 있다. 책에 담긴 '새로운 인생을 여는 중년의 기술'과 '인생의 허리 50, 내 안의 깜빡이를 켜라' 등의 문장은 강한 메시지를 준다.

이목원 작가는 현직 서기관으로 30년 넘게 공직생활을 하고 있다. 그러나 40대 초반, 아내의 갑작스러운 사별로 삶이 뒤바뀌었다. 당시 유치원생과 중학생이던 두 아들을 양육해야 했다. 이 위기는 오히려 그를 변화시키는 계기가 되었다.

그는 독서를 통해 다양한 사람들과 소통하고 경험을 쌓았다. 매일 미소 연습과 명상을 통해 부정적인 기운을 떨치고 긍정과 감사하는 마음을 가졌다. 고통은 누구에게나 찾아오며, 이를 긍정적인 에너지로 변화시키는 것이 중요하다고 믿었다. 이러한 통찰을 통해 새로운 인생을 만들었고, 이제는 또 다른 인생 2막을 준비하고 있다.

인터뷰는 그가 근무하는 대구시청 산격청사에서 이뤄졌다. 그는 친절하게 환대하며 청사 내 카페로 안내했다. 카페는 붐볐지만, 따뜻하고 유쾌한 분위기 속에서 대화에 집중할 수 있었다. 그와 나눈 대화 내용을 정리해 보았다.

책을 쓰게 된 계기

책을 쓰게 된 계기는 독서 모임이었다. 예전에는 책을 거의 읽지 않았고, 책과는 거리가 먼 삶을 살았다. 책을 쓴다는 건 상상하지 못했다. "2010년, 갑작스러운 아내의 사별로 삶이 위기에 처하면서 책이 나에게 다가왔어요. 2017년까지 7년은 번민의 시기였어요. 밖에서는 즐기고 집에 돌아오면 고독을 느끼며 책을 펼쳤죠. 이 시기에 유일한 위로는 책뿐이었어요." 그는 이렇게 책을 접하게 된 사연을 이야기했다.

그는 대구의 독서 모임 커뮤니티에 가입하여 2018년과 2019년 동안 200권의 책을 읽었다. 독서 모임을 통해 강연도 하며, 강사로서의 첫걸음을 내딛었다. 처음에는 책 쓰기는 전문가들만의 영역이라고 생각했지만, 대화를 통해 나도 쓸 수 있다는 자신감을 얻었다. 7주 동안의 책 쓰기 과정을 거쳐 책을 완성했으나, 코로나로 인해 출판이 지연되었다. 이후 다른 방법을 통해 책을 출간했다.

책 출간 이후의 변화

책이 출간되면서 삶은 크게 변했다. 책은 삶을 새로운 방향으로 이끌었다. 책을 쓰기 전과 이후의 삶은 완전히 달라졌다. 특히 강의가 큰 변화를 가져왔다. 그는 경상북도 인재개발원, 대구시 공무원교육원, 온라인 커뮤니티 강의를 하였고, 오픈 채팅방을 통해 강의를 넓혀갔다. 이러한 경험은 다양한 분야로 연결되었다.

그는 "책을 쓴 후 대부분의 사람은 그 책과 별개로 이어지지만, 저는 그렇지 않았어요. 책에 담긴 내용을 실천하기 위해 노력했죠. 그 핵심은 '내 안의 깜빡이를 켜라'였어요. 이 책의 주요 포인트 중 하나죠."라며 "저는 책에 있는 내용을 행동으로 옮기기 위해 끊임없이 노력했어요. 이를 실천하기 위해 공무원의 틀을 깨는 데 주력했죠. 그 결과, 제 삶 속에 계속 쌓여갔어요."라고 말했다.

공무원의 10년 준비

공무원들은 크게 두 부류로 나뉜다. 50대가 되면서 진급에서 밀리는 사람과 진급에 성공하는 사람이다. 이 과정에서 일부는 뒤처지지만, 헌신하며 열심히 일하는 사람들도 있다. 그는 공무원이 발전하려면 자신이 원하는 일을 찾아야 한다고 강조했다. 이는 두려움과 불안을 극복하고 나아가는 과정이며, 이를 통해 개인의 성장과 발전이 가능해진다는 것이다.

그는 공무원 변화의 중요성을 강조했다. "공무원으로서 가장 중요한 것은 사고방식을 바꾸는 것입니다. 공무원들은 종종 고정된 사고 틀에 갇혀 변화를 두려워합니다. 자기 계발 과정이나 내부 강의를 듣기도 하지만, 이는 단기적인 해결책에 불과합니다. 진정한 변화를 위해서는 외부 환경과 만나는 사람, 그리고 시간을 활용하는 방식의 변화가 필요합니다. 그렇지 않으면 한계에 부딪혀 자신의 발전을 가로막게 될 것입니다."

책을 쓰고 싶은 공무원에게 해주고 싶은 조언

매일 규칙적으로 글쓰기를 실천하는 것은 매우 중요하다. 블로그 챌린지나 일기 쓰기 등을 활용하면 이를 실천할 수 있다. 특히 일기 쓰기는 개인의 생각과 견해를 글로 표현하는 과정으로, 경험과 지식, 상상력을 반영하는 유용한 방법이라고 조언했다.

그는 공무원에게 "생각한 것을 글로 표현해야 잊어버리지 않아요. 글로 표현되면 어디로 확장될지 모릅니다. 독서에도 임계점이 있듯이 글쓰기에도 임계점이 있어서 그것을 넘어가야만 독서와 글쓰기의 즐거움을 느낄 수 있어요."라며 "글쓰기를 할 때 암중모색하는 기분을 느끼곤 해요. 그래서 책을 쓰는 것을 동굴에 갇혔다고 비유하며 혼자서 나가려고 노력하죠. 글쓰기는 외롭고 힘든 일입니다. 낯섦 중에 최고의 낯섦입니다. 아무도 도와주지 않아요. 이것이 진정한 글쓰기의 시작이라고 생각합니다"라고 말했다.

앞으로의 계획

앞으로 10권의 책을 쓰고, 해외 유명 도시에서 한 달간 살아보는 여행을 꿈꾸고 있다. 인생 후반기에는 공직자들을 대상으로 퇴직 준비를 돕는 코칭 역할을 하고자 한다. 이를 통해 책 쓰고, 코칭하며, 여행하는 삶을 살아가며 인생 2막을 멋지게 꾸려나갈 계획이다.

그는 매년 오지 여행을 계획하여 남미와 아프리카를 각각 두 차례씩 다녀왔다. 작년에는 브라질에서 둘째 아들과 함께 특별한 경험을 했다. 나이가 들기 전에 가능한 많은 여행을 계획하고 있으며, 60세 전에 유럽이나 영어권 국가의 여행도 계획 중이라고 했다.

인터뷰를 통한 필자의 생각

퇴직을 앞두거나 이미 퇴직한 공무원 작가들과의 인터뷰를 통해, 책 쓰기로 풍요로운 인생을 즐기고 만족하는 모습을 보았다. 이들은 혼자 있는 시간을 소중히 여기고, 효율적인 시간 관리를 통해 여행이나 취미를 즐기며 자신만의 삶을 구축하고 있었다.

이목원 작가는 책을 통해 세상과 소통하며 삶을 즐기는 힘을 보여주었다. 책에 담긴 내용을 실천하려는 노력에서 깊은 인상을 받았다. 인터뷰는 새로운 시각을 제시해 주었고, 책 쓰는 삶을 실현하기 위한 여정에 도움이 되었다. 공직생활에서 관료적 사고를 깨고, 자신만의 풍요로운 삶을 살아가는 모습에 응원의 마음을 전한다. 바쁘신 업무에도 인터뷰 시간을 내어주셔서 진심으로 감사드린다.

이목원 작가와 기념촬영

06

둥지를 떠난 순간이
진정한 삶의 시작이다

"우리의 인생을 빛내줄 진짜 열쇠는 집단 안이 아니라 집단 밖, 즉 혼자 있는 시간에 있다."

이 문장은 일본의 정신과 의사이자 평론가인 나코시 야스후미의《혼자만의 시간이 필요한 이유》에 나온다. 이 말은 혼자만의 시간이 우리의 내면을 탐구하고 발전시키는 데에 중요한 역할을 한다는 점을 강조하고 있다.

나코시 야스후미는 "사회적으로 성공해도, 믿을 만한 친구가 많이 있어도 우리가 그것으로 얻을 수 있는 것은 '집단 안에서의 내 위치'에 불과하다."고 덧붙였다. 이 문장은 사회적 지위나 관계보다는 자아를 이해하고 만족시키는 데에 진정한 삶의 의미가 있다는 것을 알려준다.

최근 한 제조업 대표와의 대화에서 깊은 인상을 받았다. 그는 제조업의 어려움을 언급하면서도 자신의 역할을 이렇게 설명했다. "제조업 대표로서 가장 큰 장점이 무엇인지 아십니까?"라며, "바로 회사를 퇴직 없이 누구의 눈치도 보지 않고 소신껏 운영할 수 있다는 점입니다."

그는 "공무원이나 금융계, 공공기관 같은 직업은 현직에 있을 때는 힘이 있을지 몰라도, 퇴직한 후에 그 힘은 얼마 지난 후에 사라질 수밖에 없습니다. 그러나 우리는 회사를 운영하는 한 계속 대표입니다."라고 덧붙였다.

여기서 직업의 장단점을 논하려는 것은 아니다. 모든 직업은 그만의 가치와 의미를 지니고 있다. 누구나 겪는 어려움과 동시에 얻는 성취감은 모두 값진 것이다. 이 대화를 통해 강조하고자 하는 것은 개인의 독립적인 삶의 가치를 발견하고 추구하는 것의 중요성이다.

특히 조직 내의 위치나 직업의 종류보다 자신만의 독립된 삶을 위한 준비와 성장을 소홀히 하지 않아야 한다는 점을 말하고 싶다. 이는 자아의 발견과 성장을 위한 토대이며, 의미 있는 삶을 실현하기 위한 길이다.

'진정한 나'를 찾아 나서는 용기가 필요하다

최근 혼자 있는 삶에 관한 다양한 책을 읽었다. 독립적인 삶, 고독을 즐기는 방법, 외로움을 극복하는 지혜 등이 그 주제들이었다. 그중에서도 혼자 있는 시간을 어떻게 의미 있게 만들고, 이것이 인생에 어떤 영향을 미칠지에 대한 내용이 가장 와닿았다. 이는 현재 상황을 개선하고 '진정한

나'와 함께 50대 이후의 멋진 인생을 만들고 싶은 기대 때문이었다.

내가 읽은 책 중 인상 깊은 문장을 소개하고자 한다. 웨인 다이어의 《행복한 이기주의자》에서 "둥지는 자녀가 자랄 수 있는 멋진 곳이다. 그러나 둥지를 떠나는 것은 훨씬 멋있는 일이며 떠나는 이의 눈에도 떠나는 것을 지켜보는 이의 눈에도 아름답게 비칠 수 있다."라는 말이 있다. 이는 자녀에게도, 우리 모두에게도 적용되며, 둥지를 떠남으로써 진정한 자아를 찾을 수 있음을 일깨운다.

또한, 재커리 시거의 《어떤 고독은 외롭지 않다》에서 "내가 해야 할 일은 내가 관심이 가는 일이지, 남이 중요하다고 생각하는 일이 아니다. 위대한 사람은 군중 한가운데서 꿋꿋하게 독립적으로 살아가는 사람이다."라는 말도 강한 인상을 남겼다. 이 문장은 자신이 진정 중요하게 생각하는 일을 추구하라는 교훈과 독립적인 삶의 가치를 전한다.

신기율의 《은둔의 즐거움》에서도 "마음이 성장하기 위해서는 마음의 탈피를 해야 한다. 그러기 위해서는 나를 지켜주던 익숙한 껍질과 이별해야 하는 용기가 필요하다. 그리고 이별을 상실이 아닌 성장으로 받아들일 수 있는 지혜가 있어야 한다."는 문장이 기억에 남았다. 이는 변화의 필요성과 익숙한 것을 벗어나는 용기의 중요성을 말한다.

이 문장들은 공통된 메시지를 담고 있다. 바로 '둥지를 떠난 순간이 진정한 삶의 시작이다.'이다. 우리의 삶은 집단 안에서 보호받으며 성장하는 과정이 대부분을 차지한다. 이 안전하고 익숙한 환경 속에서 자연스레 편안함을 찾게 된다. 그러나 이러한 안락함은 종종 성장을 억누르는 장애가 된다. 우리는 결국 보호받던 집단을 떠나야 할 순간을 맞이하게 된다는 사실을 명심해야 한다.

이제는 숨겨진 잠재력을 발견하고, 발전시키기 위해서는 편안한 영역을 떠나 '진정한 나'를 찾아 나서는 용기가 필요하다. 이 용기를 통해 자아의 발견과 성장을 실현할 수 있다. 이 과정에서 열정과 의지가 빛을 발하며, 만족과 성취감을 제공하게 된다. '진정한 나'를 찾는 여정은 삶을 풍요롭게 하고, 가치 있는 인생을 실현하는 길로 이끈다.

변화의 여정은 두려움을 동반한다. 현실적인 불안과 미래에 대한 불확실성 때문이다. 그러나 자신의 열정과 능력을 돌아보고 새로운 길을 개척하는 것은 나만의 인생을 만들어 가는 외로운 싸움이다. 그 결과는 헛되지 않고, 더 의미 있는 삶과 자아의 완성으로 이어질 것이다.

내 책은 결재가 필요 없다

'결재'의 사전적 의미를 살펴보면, 결정 권한을 가진 상관이 부하가 제출한 안건을 검토하여 허가하는 과정을 뜻한다. 종종 '결재'와 '결제'를 혼동하는데, '결제'는 증권이나 대금을 주고받아 매매 당사자 간의 거래 관계를 끝맺는 행위를 나타낸다.

직장생활에서 '결재로 기강을 잡는다.'라는 표현을 한다. 이는 결재 과정이 중요하고 어렵다는 의미다. 결재는 아이디어와 계획을 의사결정권자나 상사에게 설득하여 승인받는 과정으로, 직장에서 능력을 입증하는 핵심 요소 중 하나다.

결재 과정에서 상사는 직원의 능력을 평가하는 경우가 많다. 이는 업무 집중력, 보고서 작성, 커뮤니케이션 등 다양한 측면에서 이루어진다. 직원에게는 실력을 보여주는 중요한 기회이기도 하다. 동시에 결재 시간은 긴장과 압박을 느끼는 시간이다. 특히 엄격한 상사의 결재는 더욱 부담스럽다.

공무원에게는 문서 작성이 중요한 만큼, 결재 과정은 더욱 특별한 의미가 있다. 이는 조직 내에서 원활한 의사소통과 업무 추진에 필수적인 단계다. 최고 의사결정권자의 결재는 직원의 능력과 태도를 평가하며 승진에 중요한 지표로 작용한다. 따라서 결재 과정에서 느끼는 부담과 압박감은 불가피하다.

공무원은 시민의 세금으로 업무를 수행하므로 결재에 대한 책임이 중요하다. 주요 사업의 의사결정과 추진 과정에서의 투명성과 법적 책임도 매우 중요하다. 결재는 단순한 동의가 아니라 조직 내외에서 신뢰를 보장하는 핵심 단계로 간주한다. 또한, 사후 감사에도 큰 영향을 미친다.

그렇다면 '내 책은 결재가 필요 없다'는 무엇을 의미할까? 두 가지 의미를 담고 있다. 첫째는 결재가 필요 없을 정도의 업무능력을 갖추는 것이다. 우리는 개인적인 재량권과 의사결정 권한을 얻기를 원한다. 그러나 이러한 권한은 무조건 부여되는 것이 아니라 능력과 신뢰가 동반되어야 한다. 따라서 자신의 역량을 높여 결재가 필요 없을 정도의 능력을 갖추는 것을 목표로 노력해야 한다는 메시지를 담고 있다.

둘째는 개인의 독립적인 삶의 중요성을 강조하는 것이다. 개인이 쓴 책은 외부의 인정보다는 자신의 노력과 실력으로 이루어진 독립적인 작품이다. 이를 통해 자신의 목표와 비전을 실현할 수 있으며, 외부의 평가나 결재에 의존하지 않고 오로지 자신만의 의지로 작품을 만들 수 있음을 의미한다.

이 두 가지는 공무원들에게 중요한 메시지이다. 공무원들은 업무능력을 통해 조직 내에서 책임과 권한을 가진다. 이러한 역량은 개인의 삶에서도 독립성을 추구하는 데 중요한 역할을 한다. 따라서 개인과 조직의 목표를 조화롭게 추구하는 것은 가치 있는 삶을 이루는 길임을 나타낸다.

'내 책은 결재가 필요 없다'는 주제는 지금까지 강조한 내용을 함축적으로 담고 있다. 그것은 현직에 있을 때는 결재가 필요 없을 만큼 업무 능력을 갖추고, 퇴직 후에는 결재가 필요 없는 책 쓰기를 통해 독립적인 삶을 구축하는 것이 필요하다는 것을 의미한다. 이를 통해 자신의 역량을 높이며 더욱 의미 있는 삶을 실현할 수 있을 것이다.

PART 2

공무원의 특별한 강점,

그리고 책 쓰기의 가능성

01

자료와 지식 축적에
용이하다

'어떤 사람들이 책 쓰기에 동기를 느낄까?'

책 쓰기의 동기는 매우 다양하다. 우선 논문 작성 경험은 책 쓰기에 대한 관심을 불러일으킨다. 특히 박사 학위를 취득한 경우 긴 시간 논문 작성에 힘을 쏟았기에 글쓰기에 자신감이 생긴다. 또한, 논문을 확장해 책으로 발전시키는 생각을 할 수도 있다. 필자도 이러한 동기로 책을 쓴 사람 중 하나였다.

글쓰기에 재능이 있는 경우에도 책 쓰기에 관심이 있다. 특히 국문학과나 문예창작학과 같은 전공자들은 책 쓰기에 쉽게 접근할 수 있다. 이들은 여행, 육아, 취미 또는 일기 등의 개인적인 경험을 담은 책을 출간하기도한다. 또한, 블로그나 브런치 같은 온라인 플랫폼에서 글을 쓰며 그 경험이책 쓰기로 이어지는 작가들도 많다. 이들은 자신만의 책을 출간하고자 하는 꿈을 품고 살아가는 대표적인 사람들이다.

독서를 즐기는 경우 책 쓰기 동기를 느끼는 것은 자연스럽다. 필자도 그중 하나였다. 독서법 강의를 통해 독서 열정을 높였고, 그 과정에서 책을 써보고 싶다는 목표를 세웠다. 독서법 강의는 책 쓰기로의 첫걸음을 내딛는 계기가 되었다. 이처럼 독서 목표를 가지고 책을 읽는 과정에서 '나도 직접 책을 써보면 어떨까?' 하는 생각이 드는 것은 당연하다.

요즘 사회적 영향력이 큰 사람들이 책 쓰기에 적극 나서고 있다. 연예인, 운동선수, 예술가, 아나운서 등 유명 인사들이 작가로 데뷔하는 사례가 많다. 정치인, 교수, 전문가들도 자신의 전문 분야와 유명세를 활용해 책을 출판하며 영향력을 확장하고 있다. 특히 인플루언서들은 소셜 미디어와 책 쓰기를 융합한 지속적인 창작 활동으로 큰 주목을 받고 있다.

큰 성과를 이루거나 다양한 경험을 쌓은 사람들도 책 쓰기에 동기를 느낀다. 공직이나 기관에서 근무한 후 퇴직 전후에 그동안의 경험과 소회를 책으로 남기기도 한다. 또한, 기업을 운영하며 얻은 경영 철학이나 운영 노하우를 책으로 공유하려는 기업인들도 있다. 이는 자신의 인생에서 업적을 남기고 이를 후세에 전하고 싶은 마음을 책 쓰기를 통해 실현하고 있는 것이다.

마지막으로, 충분한 자료를 보유하고 있는 경우에도 책 쓰기 동기를 가진다. 많은 자료를 확보하면 책 쓰기 작업이 원활해지고, 내용이 더욱 풍부해진다. 어떤 종류의 자료라도 책 쓰기에 유용하게 활용될 수 있다. 자료를 축적하고 잘 보관하는 노력이 책 쓰기에 큰 도움이 된다.

자료의 발견과 책 쓰기의 계기

"이 자료의 발견은 대단히 고무적인 일이었다. 책을 꼭 써야겠다고 마음먹은 결정적인 계기가 됐다."

이 문장은 필자의 첫 번째 저서《나만의 스토리로 책 쓰기에 도전하라》에서 인용한 것이다. 오랫동안 보관한 자료나 우연히 확보한 자료가 있다면, 책 쓰기에 도전할 용기를 가질 수 있다. 이처럼 자료 수집은 작가들에게 가장 핵심적인 활동 중 하나다.

〈전국 초등학교 목록 체크 자료〉는 필자가 시골 분교 사진 촬영 대상지 선정 과정에서 활용한 것이다. 사진 촬영 초기에는 전국 초등학교 목록을 확보하는 것은 매우 중요했다. 교육부에서 목록을 얻는 과정도 어려웠다. 어렵게 목록을 확보 후에는 사진 촬영에 적합한 학교를 선별하기 위해 200여 개의 학교에 일일이 전화를 걸어 조사했다. 결국, 전교생 10명 이내인 60여 개의 시골 분교를 최종 선정할 수 있었다.

이 자료의 발견은 필자에게 큰 의미가 있었다. 그 순간부터 책을 써야겠다고 결심했다. 이사하면서 발견한 이 자료를 보면, 당시 얼마나 꼼꼼하게 체크를 했는지를 알 수 있다. 20년 전의 흔적이 남아 있는 자료를 다시 찾

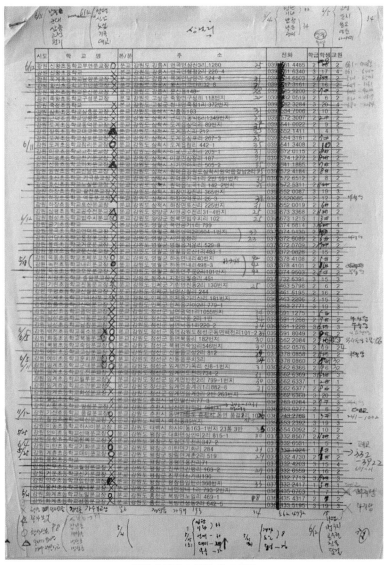

전국 초등학교 목록 체크 자료

았을 때의 기쁨은 말로 표현할 수 없었다. 개인 사정으로 사진 작업을 중단했더라도 자료를 20년 동안 보관해 왔던 것은 언젠가 다시 필요할 것이라는 믿음 때문이었다. 이것이 결국 첫 번째 책의 탄생으로 이어졌다.

공무원의 자료 활용과 책 쓰기 동기

공무원의 업무 경험을 통해 얻는 자료는 책 쓰기에 강력한 동기가 된다. 이는 공무원이 자신의 경험을 책으로 활용하는 데 매우 귀중한 자원이 된다. 다만, 자료 활용 시 보안과 개인정보와 같은 법적 문제 준수는 필수적이다. 또한, 내부 규정과 법률을 엄격히 지키고 민감한 정보를 노출하지 않도록 주의해야 한다.

공무원은 공직생활 동안 책 쓰기에 활용 가능한 자료를 축적할 수 있다. 중요한 것은 축적된 자료를 어떻게 책의 콘텐츠와 접목할지이다. 모든 자료가 필요한 것은 아니며, 주제와 목적에 부합하는 자료를 선택해야 한다. 이를 통해 책의 내용을 풍부하게 하고 독자들에게 가치 있는 정보를 제공할 수 있다.

먼저 주제를 선택하고 필요한 자료를 수집하는 것이 좋다. 주제와 관련된 자료를 집중해서 활용하면 책의 내용이 일관성 있게 표현된다. 자료를 충분히 수집하고 적합한 자료를 선별하는 과정은 책 쓰기의 핵심 단계 중 하나다. 이러한 노력은 보다 탄탄하고 수준 높은 책으로 이어진다.

예를 들어, 민원인과의 만남을 주제로 하는 책을 쓴다고 가정해 보자. 이 경우, 다양한 업무에서 민원인과 상담하는 내용이나 회의하고 사업을 수행하는 과정을 일지 형식으로 기록할 수 있다. 또한, 각종 상담이나 회의에서 발생한 문제와 그 해결책을 상세히 기록하는 것도 중요하다. 이러한 자료는 책 쓰기에 활용될 뿐 아니라 자신의 업무 능력을 높이는 데에도 도움이 된다.

또한, 업무에서 필요한 지식과 정보를 주제별로 정리하는 방식도 있다. 이를 통해 일정 기간 축적한 정보를 활용하여 책의 주제를 선택할 수 있다. 이러한 접근 방식은 자료를 효율적으로 활용해 책의 콘텐츠를 개발하고, 완성도 있게 표현하는 데 도움이 된다.

모든 자료가 필요한 것은 아니며, 현실적인 제약도 있다. 중요한 것은 이를 실현하고자 하는 의지이다. 이는 어려운 상황에서도 적절한 자료를 찾아내게 한다. 결론적으로, 공무원으로서 책을 쓰겠다는 마음만 있다면, 자료 축적은 다른 직업에 비해 용이하다. 이것이 바로 공무원이 책 쓰기에 적합한 이유이다.

공무원의 독서와 책 쓰기 연계

독서를 많이 하는 직업은 무엇일까? 가장 먼저 교수나 연구기관의 종사자들이 떠오른다. 그들은 다양하고 깊은 지식이 필요하기 때문에 독서를 많이 한다. 사무직 종사자들과 영업직도 독서에 시간을 할애할 가능성이 크다. 주부 역시 독서에 적합한 직업군 중 하나로, 혼자 있는 시간이 많아 독서에 유리한 환경을 가지고 있다.

공무원도 다른 직업에 비해 독서를 많이 한다. 이유는 두 가지다. 첫째, 새로운 지식과 정보를 계속해서 습득해야 한다. 다양한 업무를 수행하고 민원을 처리하기 위해 변화하는 정보와 지식을 갖추어야 한다. 둘째, 독서를 즐길 수 있는 환경이 갖추어져 있다. 대부분의 지방자치단체 청사에는 도서관이 있으며, 지역마다 도서관이 운영된다. 또한, 독서 모임은 여러 직업 중 가장 활발하게 이루어진다. 이러한 조건은 언제든 독서를 즐길 수 있게 한다.

그러나 공무원이 독서를 많이 하는 직업이라고 해서 모두가 독서에 힘쓰는 것은 아니다. 독서는 의지와 습관이 필요하다. 독서 습관을 기르지 않으면 소홀해질 수 있다. 독서 습관을 유지하는 것은 근육을 단련하는 것과 비슷하다. 꾸준한 노력 없이는 유지하기 어렵다. 따라서 독서를 즐기며 목표를 설정하여 지속적으로 실천하는 것이 중요하다.

또한, 단순히 독서만 한다고 해서 책을 쓸 수는 없다. 독서를 책 쓰기와 연계하는 방법을 찾아야 한다. 독서와 책 쓰기는 다른 활동이지만, 이를 연결하고 활용할 수 있는 시스템이 필요하다. 다시 말해, 책 쓰기를 위해서는 독서만으로 충분하지 않다. 독서 내용을 책 쓰기에 활용할 수 있는 방식을 마련해야 한다.

책 쓰기는 자신만의 독특한 콘텐츠를 필요로 한다. 이는 하늘에서 내려온 것이 아니라, 자신의 경험과 지식에서 나온다. 이를 위해 꾸준한 자기 계발과 독서가 필요하다. 이러한 노력을 통해 책 쓰기에 대한 동기가 생기며, 이를 실천하면 한 권의 책이 탄생하는 것이다.

공무원의 자료와 지식을 책 쓰기에 활용하라

공무원들은 책 쓰기에 최적의 환경에 있다. 이는 자료와 지식을 축적하기 용이한 환경에 있기 때문이다. 이를 유용하게 활용하면 어떤 작가와도 견줄 만한 독특하고 가치 있는 내용으로 책을 쓸 수 있다.

이제 공무원들은 책 쓰기를 미룰 이유가 없다. 보유한 자료와 지식을 적극적으로 책 쓰기에 활용해야 한다. 하지만 이를 위해 효과적인 방법이 필요하다. 이 책에서는 책 쓰기 실현 방법과 노하우를 자세히 다룬다. 이는 공무원에게 충분한 도움을 제공할 것이다.

무엇보다 책 쓰기에 대한 결심과 의지가 중요하다. 책 쓰기는 나만의 이야기가 세상을 더 아름답게 만드는 특별한 가치를 지닌 멋진 도전이다. 또한, 서로에게 영감을 주며 함께 성장하는 기쁨을 맛볼 수 있다. 그래서 책 쓰기는 매력적인 일이다.

02

업무에서 문서 작성
비중이 크다

'공무원은 문서로 말한다'라는 말이 있다. 이는 공무원의 업무에서 문서 작성의 중요성을 강조한 표현이다. 공무원은 다른 사무직에 비해 문서 작성을 많이 한다. 대부분의 업무는 문서 작성, 검토, 결재를 중심으로 이루어지기 때문이다. 그래서 공무원들은 문서 작성에 익숙하다.

인사이동 과정에서 이러한 현상은 더욱 두드러진다. 인사 이동으로 업무가 변경되면 맡은 업무를 신속히 파악해야 한다. 이때 문서 작성 체계가 효과적으로 활용된다. 업무 내용과 중요도, 처리 절차 등을 문서로 체계화하면, 새로운 업무를 맡을 때도 즉각 대응할 수 있다.

감사에서도 문서 작성 능력이 중요하다. 공무원은 정기적으로 감사를 받으며, 이를 위해 업무 수행 내용과 결과를 문서로 기록하고 철저하게 관리해야 한다. 문서 작성 능력이 뛰어난 공무원은 감사에서 문제없이 통과하여 업무 처리에 대한 신뢰도도 높아진다.

또한, 업무 진행 상황 보고에서도 문서 작성 능력이 필수적이다. 상급자나 다른 부서와 협업할 때 의견을 문서로 공유한다. 명확하고 효과적인 문서 작성은 의사 전달과 업무 효율성을 높인다. 따라서 뛰어난 문서 작성 능력을 지닌 공무원은 조직 내에서 업무 능력을 인정 받게 된다.

문서 작성을 잘하는 공무원이 에이스다

'문서 작성을 잘하는 공무원이 에이스다'라는 말은 현대 공무원 사이에서 자주 듣는 표현이다. 과거 공직사회에서는 학연, 지연, 혈연이 승진에 큰 영향을 미쳤다. 현재도 이러한 현상이 존재하지만, 그 중요성은 점차 감소하는 추세이다.

이는 업무 능력, 특히 문서 작성 능력이 중요시되는 변화 때문이다. 문서 작성 능력이 부족한 공무원은 일정 수준까지 승진이 가능하지만, 간부급 승진에서는 결정적인 문제로 작용한다. 이는 관계보다는 업무 능력을 더 중시하는 변화를 보여준다.

필자는 대학 강의에서 학생들에게 직장에서 문서 작성의 중요성을 강조한다. 문서 작성을 잘하는 학생들은 대체로 시험 평가, 과제 작성, 교우 관계 등 모든 면에서 우수하다. 특히 이들의 태도는 다른 학생들과 뚜렷한 차이를 보인다.

문서 작성 능력이 우수한 사람들이 더 뛰어난 성과를 보이는 이유는 두 가지다. 첫째, 이들은 업무를 체계적으로 구조화할 수 있는 능력을 갖추고 있기 때문이다. 문서 작성은 개인의 생각을 글로 정리하는 과정으로, 이를 능숙하게 수행하면 업무 진행이 원활해지고 중요한 부분을 명확하게 파악할 수 있다.

둘째, 뛰어난 문서 작성 능력을 갖춘 사람들은 보고 능력도 탁월하다. 업무를 체계적으로 추진하며 집중력을 발휘하는 이들은 하는 일에 확신을 갖고 있다. 상사에게 의견을 명확하게 표현하고 자신감 있게 대처할 수 있으며, 의사 결정자의 의도를 잘 파악해 그에 맞는 문서를 작성하는 능력을 갖추고 있다.

문서 작성에는 몇 가지 요령이 있다. 공직사회에서 문서를 작성할 때는 가능한 한 장의 문서에 효과적으로 담는 것이 강조된다. 물론 현실적으로 불가능한 경우도 있지만, 간결하고 명확한 문서 작성의 중요성은 변함없다.

또한, 문서를 작성하고 보고할 때는 결론부터 제시하는 것이 좋다. 이 방식은 보고를 많이 받는 상급자에게 효과적이다. 결론을 먼저 제시하면 핵심을 빠르게 파악할 수 있도록 돕는다. 필요에 따라 근거, 필요성, 실행 방안, 효과 등 세부 내용을 뒤이어 제시하면 된다.

이는 공직생활에서 강조하는 내용이지만, 실천하기는 어렵다. 습관 형성이 쉽지 않기 때문이다. 이는 직장 생활에서 중요한 요소로, 보고서 작성뿐만 아니라 설득력 있는 의사 전달에도 필수적인 스킬이다.

최근 미디어의 발전으로 눈길을 끄는 문서 작성이 중요해졌다. 사람들의 눈높이가 높아졌기 때문이다. 단순히 내용만 충실한 문서보다는 보기 좋고 일목요연한 시각적인 문서가 필요하다. 따라서 이러한 트렌드에 맞춰 문서 작성 능력을 키우는 노력이 필요하다.

공무원은 일상적으로 다양한 업무를 문서를 통해 수행한다. 문서 작성 능력은 공무원의 핵심 역량 중 하나로 매우 중요하다. 인사이동, 감사, 업무 보고 등에서 그 능력이 요구되며, 이를 효과적으로 활용하기 위해 기술과 경험이 필요하다. 따라서 공무원은 문서 작성 능력을 꾸준히 향상시켜 뛰어난 직무 역량을 구축할 수 있다.

문서 작성 능력을 책 쓰기에 활용하라

공무원의 문서 작성 능력은 책 쓰기와 어떻게 연결될까? 먼저, 다양한 주제를 논리적으로 정리하고 정확하게 전달하는 능력은 책을 쓰는 데 큰 도움이 된다. 책을 쓰려면 주제를 체계적으로 다루고 내용을 효과적으로 전달해야 하기 때문이다.

또한, 문서 작성 능력은 효과적인 의사 표현과 전달을 원활하게 한다. 이는 책 쓰기에도 유용하다. 독자에게 자신의 의견을 효과적으로 전달하고 설득력 있는 주장을 제시하려면 명확한 표현과 논리적 구성이 필수적이다.

요약하면, 공무원의 문서 작성 능력은 책 쓰기와 많은 유사성을 가지고 있다. 정보를 체계적으로 정리하고 의사를 효과적으로 표현하는 능력은 책 쓰기에 중요한 기술이다. 따라서 공무원은 문서 작성 능력을 기르며 책 쓰기의 기반을 마련한 셈이다. 이를 통해 공무원은 자신의 경험과 지식을 책으로 표현하고 공유할 수 있으며, 더 많은 독자에게 가치 있는 정보와 이야기를 전달할 수 있다.

"보고서를 작성한다는 것은 단순히 글을 쓰는 것을 의미하지 않는다. 보고서는 한 개인이 가진 지식과 동원 가능한 정보력, 통찰력 있는 분석, 상하좌우 의사소통, 추진력 등의 결정체로 작성된 보고용 글 또는 문서를 말한다."

이 문장은 조수현 작가의 저서 《상사가 열광하는 마법의 보고서》에서 공무원의 보고서 의미를 설명한 것이다. 문서 작성 능력은 단순히 글을 잘 쓰는 것이 아니라, 다양한 능력과 지식을 종합하고 표현하는 과정임을 강조한다. 이는 글쓰기가 단순히 문장을 이어 붙이는 것 이상의 능력을 요구한다는 것을 보여준다.

이전 장에서는 책 쓰기에 대한 동기를 살펴보았다. 논문 작성 경험이 있거나 글쓰기를 잘하는 사람들이 책 쓰기에 흥미를 느낀다고 언급했다. 결국, 글을 능숙하게 쓰는 사람들이 책 쓰기에 대한 동기가 많다는 것이다. 따라서 공무원 중에서도 문서 작성 능력이 뛰어난 사람들은 책을 쓸 자질이 충분하다.

공무원이 문서 작성 능력을 갖춘다는 것은 보고서 작성뿐만 아니라 종합적인 역량을 갖추고 있음을 의미한다. 마찬가지로, 책 쓰기 역시 단순히 글을 쓰는 행위가 아니라 인생의 경험을 종합적으로 담아내는 인내와 창조의 산물이다.

그러나 문서 작성 능력을 갖춘 공무원도 책 쓰기 도전에 주저할 수 있다. 주된 이유는 두려움일 것이다. 많은 공무원을 만나 보면 '실천을 하고 싶지만, 방법을 모른다'고 말한다. 그러나 이는 핑계일 뿐이다. 현재 책 쓰기 기술을 가르쳐주는 도서와 교육 기관이 충분히 마련되어 있다.

부족한 것은 자신감과 용기일 뿐이다. 공무원으로서 이미 갖춘 문서 작성 능력은 책 쓰기에 충분하다. 주제 역시 업무 경험을 통해 다양한 아이디어를 얻을 수 있다. 방법은 많지만, 실천하지 않을 뿐이다. 이 책이 '이 정도면 책을 한 번 써보겠다'라는 마음을 가지게 하는 데 도움이 되길 기대한다.

이제 망설이지 말고 공무원으로서의 문서 작성 능력을 책 쓰기에 활용해 보자. 훌륭한 문서 작성 능력을 갖춘 공무원이라면 한 권의 책을 쓰는 것은 문제되지 않을 것이다. 책 쓰기는 단순한 글쓰기와는 다르다. 중요한 것은 독창적인 주제를 선정하고, 독자들이 필요로 하는 내용을 제공하며 새로운 시각으로 문제를 다루는 것이다. 그러므로 책 쓰기는 글쓰기보다 더 쉬울 수 있다.

이제까지 키워온 문서 작성 능력을 책 쓰기로 마음껏 펼쳐보기를 권장한다. 이는 자기의 능력과 지식을 독자들과 공유하는 훌륭한 방법이다. 공무원이 문서로 말하듯, 이제는 책을 통하여 세상에 자신의 이야기를 전하길 바란다.

03

만나는 모든 민원인이
책의 이야기다

"여전히 악성 민원 시달리는 공무원 … 보디캠 등 대책만으론 '한계'"

"'MZ 공무원의 눈물' … 악성 민원 강경 대처"

"악성 민원 응대하던 공무원 결국 사망 … 사례 보니 '경악'"

이 기사 제목들은 공무원들이 겪는 고충을 명확히 보여준다. 이는 공무원의 어려움이 어느 정도인지를 단적으로 나타낸다. 특히 정신적 고통뿐만 아니라 생명까지 포기하게 되는 비극적 현실은 문제의 심각성을 여실히 보여주고 있다.

현재 정부 기관과 지방자치단체는 악성 민원이 증가함에 따라 민원 처리 능력을 강화하는 프로그램을 개발하고 있다. 또한, 민원 처리 업무를 담당하는 공무원들을 위한 정신 치료 등 다양한 방안을 도입하고 있다. 이외에도, 고통을 겪고 있는 공무원들에 대한 특별 관리도 이루어지고 있다.

최근 언론 보도에 따르면, MZ세대 공무원들이 민원 문제 등으로 공직을 떠나는 경우가 늘고 있다. 이들은 공무원 시험을 통과하여 공직에 입문하였지만, 실제 업무에서 겪는 어려움으로 다른 직업을 선택한다. 이는 상상했던 공직생활과 현실 사이에 큰 차이 때문이다.

공무원들의 가장 어려움은 민원인과의 충돌이다. 최근 민원인들의 수준이 높아지면서 충돌의 강도가 더욱 강해지고 있다. 일부 민원인들은 제도를 교묘하게 활용하여 공무원의 취약점을 노리는 사례도 빈번하게 나타난다.

또한, 공무원을 더욱 힘들게 만드는 것은 집단 민원이다. 대부분 사적 재산권과 관련되어 있어 접점을 찾기 어려우며, 장기화되면서 스트레스는 더욱 가중된다. 특히 선거 등 정치적인 상황과 연계된 이해관계의 충돌은 개인의 능력으로 감당하기 어려운 복잡한 문제를 야기한다.

이런 상황은 인내와 소통만으로는 해결하기 어렵다. 개인의 노력만으로는 한계가 있다. 전문성을 갖춘 시스템을 통한 대응 방안이 필요하다. 따라서 국가 차원에서 법적 개선이 필요하며, 이를 효과적으로 대처하고 보호하기 위한 특별한 대책이 시급하다.

이제 민원인을 다른 시각으로 대하자

"우리는 '만나는 사람들을 통하여' 복을 받는다. 복이란, 우박이나 비처럼 하늘에서 갑자기 떨어지지 않는다. 놀부에게 박씨를 물어다 준 제비가 가져오는 것이 아니라, 오늘, 지금 만나는 사람이 복을 주는 것이다."

이 문장은 김성오 작가의 《육일약국 갑시다》에 나온 대목이다. 작가는 마산의 작은 마을 약국에서 시작해 메가스터디 부회장까지 올랐다. 필자도 사람들을 만날 때 이 마음가짐으로 대하려 노력한다. 대학에서 면접을 준비하는 학생들에게 자주 강조하는 내용이다. 공직생활 중 민원인을 대하는 공무원의 자세를 당부할 때도 많이 언급했다.

이 말을 강조하는 이유가 있다. 여기서는 악성 민원이나 집단 민원과 같은 어려운 문제를 다루려는 것이 아니다. 일반 시민들이 공무원을 바라볼 때 느끼는 문제를 이야기하고자 한다. 민원 대응도 중요하지만, 대다수의 시민은 친절한 행정서비스가 더욱 중요하다고 생각한다.

시민들의 공무원에 대한 가장 큰 불만은 무엇일까? 대부분 불친절한 서비스를 지적한다. 특히 민원 발급이나 문의할 때 이런 감정을 느끼는 경우가 많다. 공무원에게 왜 이런 현상이 발생하는지 물어보면, '매번 반복적인 업무 때문인 것 같다.'라는 대답을 종종 듣게 된다.

그러나 대다수의 시민은 이러한 공무원의 태도가 과연 적절한지 의문을 가진다. 관공서에서 가장 필요한 개선 사항은 행정서비스의 질이다. 거창한 것이 아니라, 시민이 가장 불만을 느끼는 불친절한 서비스를 개선하는 것이다.

이 문제를 개선하기 위한 노력이 오래전부터 있었지만, 아직 해결되지 않고 있다. 이를 해결하기 위해서는 결국 공직자의 마인드가 중요하다. 조직의 문화나 관행을 뛰어넘는 것은 개인의 가치관과 공무원으로서의 자세이기 때문이다.

이제는 민원인을 다른 시각으로 대하자. 공무원은 개인의 성과와 업무 역량뿐만 아니라, 오늘 지금 만나는 사람이 복을 준다는 마음가짐으로 민원인을 대하면 공무원의 불친절한 이미지를 개선할 수 있다. 이러한 태도 변화는 공직 사회를 더 혁신적으로 만들고, 자신의 성장에도 기여할 것이다.

책 쓰기는 민원인을 달리 보게 한다

지금까지 민원인에 대한 시각 변화의 필요성을 살펴보았다. 그렇다면 이 변화에 책 쓰기를 더하면 어떤 변화가 생길까? 무엇보다도 민원인을 새로운 시각으로 보게 될 것이다. 책 쓰기는 생각과 경험을 솔직하게 풀어내는 과정으로, 주제와 자료 선택, 소재 선정이 매우 중요하다. 민원인은 이런 측면에서 매우 풍부한 주제와 소재를 제공할 수 있다.

그러나 민원인과 마주하는 것만으로는 책 쓰기와 연결되지는 않는다. 책을 쓰기 위해서는 민원인과의 다양한 대화, 그들의 생각을 이해하고 함께 보내는 시간이 필요하다. 이런 과정을 통해 민원인과 공무원 간의 관계는 협력적으로 발전하며, 서로 원하는 목표를 향해 나아갈 수 있을 것이다.

이런 의미에서 책 쓰기는 민원인과의 소통과 협력을 촉진하는 중요한 도구이다. 책을 통해 얻는 결과와 성취는 공무원과 민원인 간의 신뢰를 높이고, 문제 해결에 도움을 줄 것이다. 함께 문제를 해결하고 성취를 나누는 경험을 통해 민원인을 다르게 보게 되는 것이 책 쓰기가 가져다주는 중요한 변화이다.

필자도 공직생활 동안 많은 민원인을 대했다. 대부분의 민원인은 기업인이었다. 그들은 지자체에 큰 기대를 하지 않았고, 오히려 기업 운영을 방해하지 않기를 바랐다. 그래도 기업에서 지원이 필요하거나 민원을 제기하는 경우 필자는 신속한 처리와 결과에 대한 피드백을 제공하고자 최선을 다했다.

가끔은 시의 입장에서 기업에 도움이 필요한 상황도 있었다. 이때, 평소에 연락이 없던 상황에서 갑자기 도움을 요청하면 반응이 냉랭할 때가 있었다. 이러한 경험을 통해 필자는 평소에 메일 등을 통해 지속적인 관계 형성과 유익한 정보 제공을 통해 상호 신뢰 관계를 구축하기 위해 노력했다.

이 과정에서 필자는 글쓰기가 대상을 다른 시각으로 바라보게 만든다는 것을 깨달았다. 블로그에 '기업방문기'라는 글을 쓰면서, 기업에 도움이 되는 방향으로 더욱 적극적인 활동을 하게 되었다. 이를 통해 기업과의 관계를 더욱 강화하고, 협력적인 방향으로 나아갈 수 있었다.

이 경험은 글이 민원인과 공무원 사이의 관계를 형성하고 이해를 돕는 강력한 도구가 될 수 있다는 사실도 알게 하였다. 이는 문제 해결과 성취를 함께 나누면서 민원인을 다르게 보게 하는 중요한 계기가 되었다.

만나는 모든 민원인이 책의 주인공이 될 수 있다

"나의 민원인들은 끊임없이 내가 해결할 수 없는 문제를 제기하며 나와 함께했다. 어떤 날은 화를 내고 어떤 날은 그들을 달래면서 실은 나도 위로받고 있었다는 사실을 깨닫는다. 어쩌면 그 시절 서로의 안부를 궁금해하는 유일한 벗이었는지도 모르겠다는 생각을 15년쯤 지난 어느 날 해보는 것이다."

이 말은 현직 검사이면서 tvN 〈유 퀴즈 온 더 블록〉에 출연하며 유명해진 정명원 작가의《친애하는 나의 민원인》에서 나온다. 작가는 검사로서의 무섭고 딱딱한 이미지와는 달리, 민원인과의 관계를 통해 느낀 고민을 글로 솔직하게 표현하고 있다. 민원인은 그에게 벗과도 같이 소중한 존재임을 보여주며, 민원인과의 관계가 단순한 직업적 입장을 넘어 더 깊은 의미가 있음을 강조하고 있다.

공무원에게 민원인은 없어서는 안 될 존재다. 그들이 없다면 공무원의 존재 이유도 사라질 것이다. 민원인들의 요청과 의견은 공적 조직을 발전시키고, 사회를 더 나은 방향으로 이끄는 원동력이다. 따라서 어떤 어려움이 있어도 민원인과 인간적으로 협력해야 한다.

그렇다면 이런 관계를 어떻게 원활하게 만들 수 있을까? 서로를 고통스럽게 하는 대상이 아닌, 반가운 동반자로 만들 수는 없을까? 물론 현재의 행정 구조에서는 쉽지 않은 과제이다. 획기적인 방법이 있더라도 모든 상황에 적용하기는 어렵다. 하지만 근본적인 해결책을 찾지 못하더라도, 만나는 대상을 적대시하지 않는 지혜로운 대응 방법을 모색하는 것이 중요하다.

이렇게 생각해 보자. 만나는 모든 민원인이 책의 주인공이 될 수 있다고 말이다. 아니면 소재의 한 부분으로 생각할 수도 있고, 더 나아가 독자가 될 수 있다고 생각해도 좋다. 어쨌든, 이런 긍정적인 영향을 줄 수 있는 사람이라고 생각한다면, 그 순간부터 민원인을 달리 바라보게 될 것이다. 어려운 상대로만 생각했던 대상이 반가운 사람으로 바뀔 수 있으니, 이 얼마나 훌륭한 일인가?

책을 통해 민원인을 주인공으로 삼는 것은 그들의 이야기를 듣고 공감하며, 필요와 욕구를 이해하는 것과도 관련이 깊다. 이는 공무원과 민원인 사이의 신뢰와 협력을 촉진하는 첫걸음이다. 함께 쓰는 책의 한 페이지이자, 서로에게 기쁨을 주는 소중한 기회가 된다. 이러한 공감과 협력을 통해 쓰는 책은 모두에게 즐거운 변화와 성취를 안겨 줄 수 있다.

만나는 모든 민원인이 책의 주인공이라면, 그들의 이야기는 더 나은 사회를 만드는 데 필수적인 에너지가 될 것이다. 이제, 민원인은 단순한 고객이 아니라 책의 소중한 주인공으로 여겨질 수 있다. 그들의 이야기를 함께 만드는 과정은 서로의 존중과 배려가 이루어지면서 문제를 해결하는 새로운 방식의 접점을 만들어 줄 것이다.

- 대한민국 공무원 민원 응대 설명서, 한상필 작가

한상필 작가의 저서《대한민국 공무원 민원 응대 설명서》는 '만나는 모든 민원인이 책의 이야기다'에서 필자가 강조하는 내용과 가장 밀접한 책이다. 작가는 18년간의 공직생활에서 얻은 현장 경험을 바탕으로 현실감 있는 내용을 다루고 있다.

2005년부터 화성시에서 공직생활을 시작한 그는 10만여 건의 민원을 응대하며 효율적인 민원 처리 원리를 발견했다. 이러한 경험을 공유하기 위해 2018년부터는 공무원을 대상으로 민원 응대 강사로 활동하고 있다.

인터뷰는 화성시청 내 카페에서 진행되었다. 그는 민원 응대 전문 강사답게 깔끔한 외모와 밝은 인상을 지니고 있었다. 서로 반갑게 인사를 나누며 인터뷰를 시작했다. 대화는 인터뷰라기보다는 공직생활과 책 쓰기에 관한 유익한 이야기를 나눈 시간이었다. 그와의 대화 내용을 정리해 보았다.

책을 쓰게 된 계기

2020년, 화성시청에서 근무하던 중 경기도청으로 1년 파견된 적이 있었다. 경기도청에는 근무하는 사무실 옆에 도서관이 있었다. 이전에는 시간을 내어 책을 읽지 못했지만, 도서관이 가까워 아침에 일찍 출근하거나 점심시간에 자주 들르게 되었다.

그는 책을 쓰게 된 계기를 이렇게 설명했다. "파견 기간에 외롭기도 했고, 코로나로 인해 사람을 만나기보다는 도서관을 친구로 삼게 되었죠. 이때 읽게 된 책 중 하나가 책 쓰기와 관련된 것이었어요. 그 책을 읽으면서 독자가 아닌 작가에 도전해 보겠다는 생각을 하게 되었어요."

책의 콘셉트 및 출판사 선정

책을 쓰기로 결심한 후, 국내 최고의 책 쓰기 코칭 과정을 선택했다. 처음에는 민원 응대와 관련한 주제를 고려하지 않았지만, 책 쓰기 코칭을 받으며 민원 관련 주제도 흥미롭다고 생각하게 되었다. 당시 시청에서 민원 응대 강사로 활동하고 있었기 때문에 자연스럽게 그와 관련된 내용을 책의 주제로 정했다.

출판사를 선정하게 된 과정도 이야기했다. "출간기획서를 출판사에 제출했는데, 몇 곳에서 연락이 왔지만, 바빠서 제때 응대하지 못했어요. 그러던 중 출판사 대표님이 직접 찾아와 함께 일하고 싶다고 제안하셔서 거절할 수 없었죠. 결국, 그 출판사와 계약을 맺었고, 협업이 원활히 진행되어 많은 도움을 받았어요."

책 출간 이후의 변화

책 출간 후에 큰 변화가 있었다고 말했다. "시장님께 추천사를 부탁했더니 기꺼이 써주셨어요. 그리고 언론 보도를 요청하셨고, 책을 100권 정도 구매해 주셨어요. 또한, 각 부서로 직접 홍보도 해주셨죠. 그렇게 되니 마음가짐도 달라졌어요. 민원인을 더욱 친절하게 대하게 되었고, 책의 내용에 맞게 행동하게 되었죠. 시청 내에서 언제나 주목을 받았고, 모르는 직원이 없을 정도가 되면서 위상이 높아졌어요."

첫 외부 강의는 경기도인재개발원에서 시작되었다. 그 이후로 다른 지방자치단체에서 연락이 오며 강의를 점차 확대했다. 주로 경기도 지역을 중심으로 활동하며, 한전과 같은 공공기관에서도 강의 요청을 받아 강의 범위를 넓혀갔다. 이러한 경험을 통해 전문가로서의 역량을 키우며 개인적인 성장으로 이어졌다.

공무원의 책 쓰기 특성

그는 공무원의 글쓰기 능력에 대해 이렇게 말했다. "공무원들은 10장을 1장으로도, 1장을 10장으로도 만들 수 있어요. 그러나 이들은 자신의 글쓰기 재능을 제대로 알지 못해요. 이는 다양한 표현 방법을 경험하지 못한 채 내부적으로만 그 능력을 쓰기 때문이에요. 그러나 이 잠재력을 다른 사람들을 돕기 위해 쓰게 된다면, 많은 이들에게 도움이 될 거라고 생각해요."

이어서 그는 "시청 내에 3천 명이 넘는 공무원들이 있지만, 책을 출간한 사람은 저 한 명뿐입니다. 이는 공무원이 능력을 제대로 발휘하지 못하고 있다는 뜻이죠."라고 말했다. 그러면서 "공무원이 자신의 경험을 담은 책을 출간하면, 다른 직업군과는 비교할 수 없는 가치를 지니게 돼요. 각자 특화된 경험과 지식을 보유하고 있어 독특한 이야기를 전할 수 있어요."라고 강조했다.

민원인에 대한 시각의 변화

민원에 대한 생각의 변화를 다음과 같이 말했다. "이전에는 민원이 많은 곳으로 발령이 나면 부정적인 생각을 했었는데, 이제는 어려운 업무도 소중한 기회로 여기려고 노력하고 있어요. 공무원들이 책을 쓰게 되면 저처럼 민원인들에게 다른 마음가짐으로 대할 수 있어요."

그는 책을 쓴 후에 경험한 변화를 이렇게 설명했다. "공무원이 책을 쓰면 민원의 어려움을 긍정적으로 바라보는 지혜를 얻을 수 있어요. 이런 접근은 민원인을 힘든 대상이 아닌 함께 행복할 수 있는 관계로 만들 수 있다고 생각해요. 더불어 저는 후배들에게 이러한 긍정적인 접근 방법을 전달하여 민원 응대에 있어 더 나은 방향으로 나아가도록 돕는 일을 하고 있어요."

책을 쓰고 싶은 공무원에게 해주고 싶은 조언

책을 쓴다는 것은 모든 원고가 완성되어야만 출간할 수 있는 것이 아니므로, 출간 과정을 단계별로 하나씩 거치면 실제로 그리 어렵지 않다고 했다. 목차를 작성하고 자신의 경험을 담아내기만 하면 출간에 대한 장벽을 넘을 수 있으며, 학문적인 서적을 쓰는 것이 아니기 때문에 글을 써본 적이 없더라도 누구나 한 번 도전할 수 있다고 했다. 따라서 공무원들에게 책을 쓰는 방법을 알려주는 것은 매우 의미 있는 일이 될 수 있다고 강조했다.

그는 동료에게 코칭을 제공하여 책을 출간하도록 도운 경험을 이야기했다. "《공무원이여 회계하자》라는 책이었는데요. 신규 직원들을 위한 회계 교재로 큰 성공을 거두었어요. 이 경험을 통해 공무원에게 책을 쓰는 방법을 알려주면 누구나 도전할 수 있다는 것을 알게 되었어요."

앞으로의 계획

강의하면서 수강자들과 대화를 나누는 것이 너무 행복한 시간이라며, 앞으로도 계속해서 책을 기반으로 한 강의를 이어가고 싶다고 했다. 또한, 민원에 관한 책을 쓴 경험을 토대로 민원인들에게 진심으로 다가가며 응대하려고 한다고 말했다. 이를 통해 강의가 업그레이드되고, 더 많은 사람을 만나는 기회가 되기를 희망한다고 밝혔다.

인터뷰를 통한 필자의 생각

한상필 작가와의 인터뷰를 통해 현직 공무원이자 책의 독자인 공무원들의 시각을 듣는 데 큰 도움이 되었다. 그와의 대화를 통해 공무원들이 책 쓰기에 큰 동기를 갖고 있다는 것을 다시 한번 확인할 수 있었다. 또한, 다양한 경험과 지식을 바탕으로 유익한 내용을 담은 책을 쓸 수 있다는 자신감을 심어주는 것이 얼마나 중요한지를 깨달았다.

인터뷰에 응해 주신 한상필 작가에게 진심으로 감사드린다. 도움을 주고 싶어 인터뷰에 응했다는 그의 따뜻한 마음은 오랫동안 간직할 것이다. 이번 대화를 통해 더 깊은 통찰을 얻을 수 있었으며, 그의 경험과 이야기가 많은 이들에게 영감을 주고, 도움이 될 것으로 확신한다. 앞으로 더욱 멋진 공직생활을 이어나가길 응원하며, 그의 지속적인 성장을 지켜보고 싶다.

공무원의 책은
영향력이 더 크다

"스스로 무능하다거나, 보이지 않는다거나, 어설프다고 느끼더라도 알고 보면 그렇지 않을 가능성이 크다. 이런 기분이 드는 이유는 우리의 말과 행동, 나아가 우리의 존재 자체가 남에게 어떤 영향을 미치는지 잘 모르기 때문이다. 스스로 존재감이 없다고 느끼기 때문에 우리의 존재가 남에게 미치는 영향을 과소평가한다."

사회심리학자이자 코넬대학교의 조직행동학 교수인 버네사 본스가 저서 《당신의 영향력은 생각보다 강하다》에서 강조한 말이다. 이 책은 우리가 파악하지 못한 채 감추고 있는 자신을 발견하게 하며, 숨은 영향력과 잠재력을 일깨우게 한다.

버네사 본스는 실험과 통계를 통해 우리의 생각과 현실 간의 차이를 명확하게 드러내고, 새로운 시각을 제시한다. 한 실험에서는 참가자들이 낮선 사람에게 부탁을 한다. 참가자들은 자신의 요청에 응하는 사람의 수를 과소평가했지만, 실제로는 예상보다 두 배 가까이 많은 사람이 요청에 응한다. 이 결과는 우리가 자신의 영향력을 과소평가하는 사례를 보여준다.

우리가 자신의 영향력을 충분히 인식하지 못하는 이유는 무엇일까? 이 책은 그 원인을 두 가지로 설명한다. 두려움과 창피함이다. 누군가에게 부탁하고 거절당할까 두려워하고, 거절당하면 겪을 창피함이 우리의 영향력을 억누르는 주된 이유라고 설명한다.

이 책은 우리가 이미 가지고 있지만 알아차리지 못하는 영향력을 발견하게 하는 것을 목표로 한다. 즉, 영향력을 더 키우려는 것이 아니라, 이미 가지고 있는 영향력을 깨닫게 하여 우리의 잠재력을 최대한 발휘하도록 돕는 책이다.

공무원은 여전히 괜찮은 직업이다

버네사 본스의 저서를 소개한 이유는 공무원의 영향력이 어느 정도이며, 어디서 비롯되는지를 파악하기 위해서다. 책에서 강조한 대로, 공무원이 '숨은 영향력'을 깨닫는다면 공직자로서 자부심을 갖고 더 나은 임무를 수행할 수 있기 때문이다.

먼저, 공무원의 영향력을 살펴보기 전에 고려할 점이 있다. 공무원이라는 직업이 다른 직업들과 비교했을 때 괜찮은 직업인지에 대한 것이다. 공무원들과 대화하면서 느낀 바로는, 그들이 자신의 직업 가치와 의미를 제대로 인식하지 못하고 있다는 점이다.

이미 언급했듯이, 요즘 공무원들은 다양한 형태의 어려움을 겪고 있다. 그래도 공무원은 여전히 괜찮은 직업이다. 이는 필자가 여러 직업을 경험한 후, 공직생활을 겪으면서 얻은 결론이다. 특히 공무원은 다른 직업과는 다른 특별한 가치를 제공한다고 느꼈다.

그 이유는 무엇일까? 안정적 신분 보장이나 연금 때문만은 아니다. 물론 이러한 혜택들도 무시할 수 없지만, 그것만으로는 충분하지 않다. 핵심은 공무원이 가지는 영향력이다. 신입 공무원이든, 중간 위치의 공무원이든, 조직을 이끄는 간부급 공무원이든 그 영향력은 상당하다. 이러한 영향력은 모든 공무원에게 무작정 주어지는 것이 아니라, 개인의 생각과 마음가짐에 따라 전혀 다르게 나타난다.

필자는 공무원의 영향력에서 특히 주목할 점이 있다고 생각한다. 공무원은 50세 이후부터 다른 직업보다도 특별한 강점을 가진다. 초반에는 민간 기업이나 금융권 등과 비교했을 때 부족한 부분이 있을 수 있다. 그러나 50세를 전후로 공무원의 영향력이 증가하면서 더 많은 이점을 누리게 된다.

이 시점부터 공무원에게는 많은 것이 역전된다. 변화의 원동력은 공무원의 영향력이다. 지방자치단체의 경우, 대략 경력이 쌓인 팀장이나 간부급인 사무관 시점부터다. 이때부터 공무원은 영향력을 중심으로 다양한 측면에서 여러 장점을 발휘하기 시작한다.

이는 조직 내 의사결정에 영향을 미치는 권한과 관련이 있다. 이 시기 공무원은 중요한 결정을 내리는 데 핵심적인 역할을 한다. 이러한 영향력은 조직을 더 효율적으로 운영하게 하며, 문제가 발생했을 때 빠른 대응과 해결을 가능하게 한다. 이를 통해 조직과 사회에 긍정적인 영향을 미치게 된다.

공무원의 영향력은 신뢰감과 전문성에서 나온다

필자는 공직생활 동안 "공무원들은 생각보다 훨씬 큰 영향력을 가지고 있습니다."라는 이야기를 공무원들에게 자주 강조했다. 업무에 자신감을 가지고 임할 것을 조언한 말이었다. 그러나 많은 공무원이 자신의 영향력을 모르거나 간과한 채 업무에만 매몰되어 있는 경우가 많았다.

지방자치단체의 사무관을 다시 예로 들어보겠다. 이들은 조직 내 다양한 업무를 조율하고 수십 명의 직원을 이끄는 리더 역할을 한다. 또한, 지역사회에서 수행 가능한 사업이 많기 때문에 열정과 실행력만 있다면, 지역 발전을 위한 사업을 적극적으로 추진할 수 있다.

물론 예산이나 감사, 민원 등에 대한 고민은 무시할 수 없다. 또한, 직원들의 반응도 고려해야 한다. 그러나 지위나 부서에 상관없이 한 명의 공무원이 할 수 있는 일은 생각보다 많다. 도움을 받을 수 있는 여건과 사람들도 많이 있다. 이를 통해 적극적인 영향력을 발휘하여 지역사회의 발전을 도모하는 것이 공무원의 중요한 역할이다.

그러면 공무원의 영향력은 어디서 비롯될까? 그것은 신뢰감과 전문성에서 나온다. 우선, 공무원의 신뢰감은 신분에서 비롯된다. 여전히 공무원은 믿을 만한 직업으로 인식되며, 공무원 자신도 언행을 조심하면서 모범적인 행동을 하려고 노력한다.

공무원들은 높은 신뢰를 바탕으로 민원 처리나 정책 추진에서 큰 권한을 행사할 수 있다. 그들은 신뢰를 기반으로 자연스럽게 영향력을 발휘하며, 적극적으로 임무를 수행하면서 긍정적 변화를 이끌어낸다.

또한, 공무원의 전문성은 업무 능력에서 발휘된다. 정확하고 효율적인 업무 처리, 지식 기반의 의사결정, 문제 해결 능력은 공무원이 민원 처리나 정책 추진에서 신뢰를 얻고 영향력을 확장하는 핵심 요소다. 이러한 전문성은 공무원이라는 권한이 뒷받침되면서 위상이 더욱 높아진다.

따라서 공무원들은 자신의 전문성을 강화하기 위해 꾸준히 노력해야 한다. 업무 역량을 지속적으로 향상시키고 윤리적 원칙을 준수하는 것이 중요하다. 또한, 민원인과의 원활한 의사소통을 통해 신뢰를 높이며, 지식과 경험을 발전시켜 전문성을 강화해야 한다.

공무원의 책은 영향력이 다르다

그러면 공무원의 영향력에 책 쓰기가 더해지면 어떤 변화가 있을까? 지방자치단체의 국장이나 과장급 간부가 책을 썼다고 가정해 보자. 이는 공무원의 신뢰감과 전문성을 통해 변화를 유추해 볼 수 있다.

공무원이 책을 쓴다는 것은 흔치 않은 사례이기 때문에 지역사회에서 큰 화제가 될 것이다. 지역 언론이 관심을 보이며 인터뷰를 요청하고, 다양한 곳에서 강의 요청이 들어올 것이다. 조직 내에서도 책을 썼다는 사실만으로 새로운 시각으로 바라보게 된다.

공무원의 책은 신뢰를 기반으로 지역과 사회에 큰 영향을 미칠 것이다. 간부급 공무원의 경우, 30년 이상의 공직 경력을 바탕으로 많은 경험과 전문성을 갖추고 있어, 책을 통해 신뢰와 존경을 얻고 더 많은 영향력을 행사할 수 있다. 동료들은 이러한 공무원을 모범으로 삼아 배우려 하면서, 업무 추진이 더 효율적으로 이루어지게 된다.

퇴직 후에는 새로운 기회와 역할이 기다리고 있다. 이러한 경험은 여러 기관에서 활용될 수 있을 뿐만 아니라 민간기업에서도 높이 평가된다. 공무원의 풍부한 전문성은 다양한 영역에서 영입 제안을 받을 것이다. 특히 임원, 사외이사, 자문위원, 심사위원 등 기관이나 기업에서 다양한 활동 기회를 얻을 수 있다.

강사 활동을 통해 인생에 큰 변화를 가져올 수 있다. 이는 현직 공무원으로도 가능하지만, 퇴직 후에는 더욱 활발하게 활동할 수 있다. 특히 석사이상의 학위를 보유하고 있다면 대학에서 강의하거나 연구 활동 기회를얻을 수 있다. 또한, 겸임교수, 특임교수 또는 산학 협력 교수 등을 맡으면서 활동할 수 있다.

이러한 활동은 풍요로운 노후를 보장해 준다. 퇴직 후 오랜 기간 자신만의 확실한 일을 영위하며, 사회에 긍정적인 영향을 미칠 수 있다. 또한, 젊은 세대에게 희망을 전하고, 경험과 지식을 공유하면서 자신도 성장할 기회를 얻게 된다.

공무원의 책 쓰기는 경력이 많은 사람에게만 해당하지 않는다. 이미 젊은 공무원들도 책을 통해 의미 있게 삶을 표현하고 있다. 이들은 자신만의독특한 경험과 감성을 책에 담아내며, 여행, 취미 활동, 자기 계발 등을 통해 새롭고 신선한 세계관을 전달하고 있다.

이들의 책은 다른 시각에서 공무원의 세계를 엿보게 해 준다. 같은 주제나 소재라도, 누구의 시각으로 쓰였느냐에 따라 독자는 서로 다른 영감을얻을 수 있다. 이는 공무원의 다양한 면모와 역할을 더욱 풍부하게 이해하고 감상할 기회를 제공한다.

공무원의 영향력을 활용하여 책 쓰기에 도전하라

"모든 영향력의 본질은 상대방을 참여시키는 데 있다."

해리 오버스트리트의 이 명언은 우리가 가진 영향력의 가치를 강조한다. 이 말은 영향력이 우리 주변에 항상 존재하며 그 중요성을 보여준다. 책 쓰기는 이러한 영향력을 가장 효과적으로 표현하고 공유하는 가장 강력한 도구 중 하나다.

이 영향력을 효과적으로 활용하려면 실천력이 뒷받침되어야 한다. 책이든 강의든 궁극적인 목적은 독자와 수강자를 실제 행동에 참여시키는 것이다. 영감을 주고 동기 부여를 통해 이를 실천하게 하는 것이 무엇보다 중요하다.

주변의 시선과 다른 사람의 평가로 인해 책 쓰기와 같은 도전에 나서는 데 부담을 느낄 수 있다. 그러나 이러한 부담은 실제로는 단순한 우려에 불과하다. 책으로 나의 메시지를 전달하는 경험은 독특하고 소중하다. 이것이 책 쓰기의 진정한 매력이다. 그래서 한번 도전해 볼 만한 일이다.

모든 것은 마음가짐에 달려 있다. 같은 상황에서도 마음가짐에 따라 결과는 크게 달라진다. 책 쓰기도 마찬가지다. 앞에 놓인 장애물을 넘어서기 위해 용기를 가져야 한다. 이것이 바로 영향력을 키우는 첫걸음이다. 버네사 본스 작가가 강조한 것처럼, 두려움과 창피함을 극복하면 새로운 세계를 탐험할 수 있다.

인간의 영향력은 특별하다. 같은 상황에서도 각자의 영향력은 다르다.
그래서 더욱 가치가 있다. 어떤 사람은 이를 통해 개인적 이익을 추구하고,
권력을 행사하기도 한다. 그러나 책 쓰기는 다르다. 책에는 생명력이 있다.
그 생명력은 세상에 긍정적인 변화를 일으킨다.

책은 시간과 장소를 초월한다. 한 번 쓴 글은 지구 곳곳에 전파되며 영
원히 남는다. 책은 살아 숨 쉬는 불멸의 영웅이 된다. 따라서 개인의 생각
과 경험을 책으로 세상과 나누는 것은 영향력을 전하는 최고의 방법이다.
이는 사회에 영향력을 확장하는 가장 훌륭한 방법이기도 하다.

이제, 공무원의 영향력을 활용하여 책 쓰기에 도전하라. 책 쓰기는 두려
움과 창피함을 극복하고 새로운 세계로 안내한다. 이 과정은 여유로움과
당당함이 되어 더 넓은 세상과 함께하는 고귀한 경험을 누리게 한다. 이제
주저하지 말고, 책 쓰기를 통해 자신의 영향력을 세상과 나누어 보자.

📖 내가 만난 예비 공무원 작가 이야기 1

- 31년 차 토목직 ○○○ 과장

"'예꽃재' 마을 조성의 특별한 경험을 바탕으로 책 한 권 써보는 건 어떠신가요?"

아산시의 대표적 공동체 마을 '예꽃재'를 조성하는 데 핵심 역할을 한 공무원을 만나 이렇게 제안했다. 나는 공직생활 동안 그의 모습을 보며 늘 '소리 없이 강하다'는 자동차 광고를 떠올렸다. 조용하고 차분한 성격 뒤에 강한 추진력과 일에 대한 진정성을 느껴졌기 때문이다.

'예꽃재' 마을 조성 당시 그는 담당 팀장으로 일했다. 현재는 사무관으로 도시개발의 중추적인 역할을 맡고 있다. 그는 민원인과의 갈등과 조직 내 어려움으로 한때 병까지 얻었지만, 사람들에게 도움이 되는 공무원이 되겠다는 각오로 마음을 다잡았다. 주민과 함께 어려움을 극복하며 그들이 기뻐하는 모습을 볼 때 가장 큰 보람을 느낀다고 전했다.

아산시 송악면 강장리에 위치한 농촌 전원마을 '예꽃재'는 '예술이 꽃피는 재미난 마을'의 줄임말이다. 2014년 착공하여 이듬해 준공된 이후 현재 32가구가 풍요롭고 아름다운 삶을 즐기고 있다. 마을 이름처럼 미술,

음악, 공예, 사진 등의 예술가들이 참여하여 전시, 공연 등 다양한 예술 활동이 펼쳐지고 있다.

먼저 마을 조성 과정을 물었다. 그는 "처음에는 입주민들이 시에 불만이 많았어요. 공무원들의 원칙과 소극적인 태도로 관계가 좋지 않았죠."라고 말했다. 그러면서, "제가 팀장이 되면서 주민들의 이야기를 듣고 토론하면서 상황이 바뀌기 시작했어요. 결국, 입주민이 요구하는 문제를 해결하고, 서로 협력하면서 마을이 완성된 거죠."라고 설명했다.

이 마을의 특징을 물었더니, "서로 어울려 살고 싶은 사람들이 만든 마을입니다. 그래서 담장이 없고, 아이들을 공동 육아하는 것이 가장 큰 특징이죠."라고 말했다. 이어 "아이들을 마을 전체가 돌본다는 것이 특이하죠. 학교에서 집에 오면 어른이 있는 곳이면 어디든 가서 밥을 먹고 놀고 교육하죠. 이 모든 걸 논의하는 커뮤니티도 잘 구성되어 있어요."라고 덧붙였다.

그러면서 "서로 이름이 아닌 별명으로 친근하게 지내며, 모두가 아이들만큼은 행복하게 살았으면 좋겠다는 마음을 가지고 있어요."라고 강조했다. 또한, 이 마을은 환경 분야에 관심이 많아 에너지자립 마을로도 유명하며, 건축 설계에도 신경을 써 모든 집의 구조와 생김새가 다르다는 특징도 설명해 주었다.

나는 "이 내용을 책으로 남기는 작업은 매우 의미가 있을 것 같습니다."라고 말했다. 그는 "예전부터 자서전을 써보고 싶다고 생각했어요. 공무원이 책을 쓴다면 어느 직업보다 영향력이 더 클 수 있다고 생각해요. 또한,

사업 경험을 통해 얻은 노하우를 공유할 수도 있다는 점에서 의미도 있고요. 그러나 글쓰기에 자신이 없어 엄두가 나지 않아요. 하지만 만약에 책을 쓴다면 여기서 자란 아이들을 만나서 어렸을 때의 추억을 담고 싶어요. 또한, 자신의 인생에 어떤 영향을 미쳤는지도 쓰면 좋을 것 같아요."라며 책 쓰기에 관한 생각을 말했다.

그러면서 "어느 겨울 눈이 많이 내린 날이었어요. 부모님들이 아이들을 학교에 보내지 않고 놀게 했어요. 그랬더니 마을이 놀이터가 되었죠. 그 속에서 너무 행복해하는 아이들을 보니 이 마을에서 살기를 잘했다는 생각이 들었습니다."라는 부모님들의 이야기를 떠올리며, 이러한 자신이 간직하고 있는 추억을 책에 포함하고 싶다고 말했다. 그의 이야기를 들으며 이미 책 한 권의 콘텐츠가 만들어졌다는 생각이 들었다.

이 공무원에게는 온양 4동장으로 근무한 시절, 어르신 자서전 출판기념회 '돌아보니 황금빛 내 인생이어라'를 기획한 특별한 기억이 있다. 이 출판기념회는 참가자 모두가 눈물을 흘릴 정도로 감동적인 순간이었다. 이후 다른 주민센터에서도 이어져 지역 사업으로 활발히 전개되기도 했다.

"출판기념회를 개최한 이유가 무엇이었나요?"라고 물었을 때, 그는 "주민과 소통하고 어울리며 현장에서 답을 찾자는 마음에서 출발했어요. 마을회관을 방문하면서 어르신들의 살아온 이야기와 눈물 나는 이야기를 들으면, 이게 다 소설이고 역사라는 생각이 들었어요. 이분들이 돌아가시면 이야기가 사라지기 때문에 글이나 책을 통해 기록으로 남기면 좋겠다고 생각하게 된 거죠."라고 말했다. 이는 자신의 인생 흔적을 남긴다는 책 쓰기의 가치와 일맥상통하는 부분이다.

특히 도움을 주신 분이 계셨기에 가능했다고 강조했다. 지역에 거주하시는 동화 작가였는데, 지원을 부탁하니 흔쾌히 동의했다. 무료로 기부해 주었고, 이야기를 건네자마자 기획안을 만들었다. 기획안은 15주 동안 매주 월요일에 하루 2시간씩 수업을 진행하는 것이었다. 프로그램은 각자의 나이별 기억, 마음 개발, 심리치료, 책 쓰기 연습과 교정 등으로 구성되었다.

가장 어려운 점이 무엇이었는지를 물었을 때, 그는 "어르신 모집이었어요. 주로 제가 직접 어르신을 만나 홍보하면서 모집했어요. 처음에는 쓰고 싶어도 눈물이 나고 엄두가 나지 않아 망설이셨어요."라며, "다행히 다섯 분이 모집되니까 나중에는 서로 쓰겠다고 하면서 열다섯 분이 모이게 되었죠. 이후 최종 열 분이 한 번도 수업에 빠지지 않고 끝까지 마치게 되었어요."라며 당시 상황을 이야기했다.

그러면서 과정이 만만치 않았음을 토로했다. "초기에는 나이별로 경험한 이야기를 쓰라고 했더니 양도 많고 내용도 엉망이었죠. 하지만 작가와 협의하고 교정을 거쳐 글이 정리되면서 이야기가 책으로 완성되었습니다. 나중에는 내용이 많아서 글을 줄이는 데도 애를 먹었어요. 자신의 글이 빠지는 것에 대해 불만이 많았죠. 이런 불만들을 잘 해소하면서 열 분의 글이 한 권의 자서전으로 완성되었고, 최종적으로 출판기념회 행사까지 성공적으로 개최할 수 있었습니다."라고 말했다.

마지막으로 소회를 물었다. 그는 "어르신들이 아름다운 이야기만 쓸 줄

알았는데, 오히려 가공 없이 살아온 진정한 이야기가 책으로 엮어졌어요. 모든 어르신의 이야기에 이런 내용이 담겨 있었던 거죠."라며, 작가님으로 불렀을 때 어린아이처럼 좋아하던 모습이 아직도 생생하다며 당시의 감동을 전했다.

이런 감동적인 이야기를 들으며, 어르신들의 살아온 인생, 동장의 추진력, 동화 작가의 헌신과 기획이 어우러져 최고의 작품이 탄생한 것이라고 생각했다. 이 프로젝트는 마음을 움직이는 진정한 가치와 소통의 힘을 보여주었고, 많은 이들에게 소중한 이야기를 선물하는 아름다운 순간이 되었다.

05

지역의 오피니언 리더이다

오피니언 리더의 의미는 집단 내에서 다른 사람의 사고방식, 태도, 의견, 행동 등에 영향을 주는 사람을 말한다. 이들은 확고한 신념과 지식을 바탕으로 다른 이들을 설득하거나 영향을 미치며, 의견과 행동을 주도하는 데 큰 역할을 한다.

그렇다면 공무원은 지역사회에서 오피니언 리더라고 할 수 있을까? 이를 판단하기 위해 앞에서 언급한 '영향을 주는 사람'과 '의견과 행동을 주도하는 역할'이라는 두 가지 측면에서 살펴보겠다.

먼저 '영향을 주는 사람'이라는 측면에서 보자. 이를 이해하기 위해서는 지방선거를 살펴볼 필요가 있다. '공무원에게 인기 없는 후보는 당선되기 어렵다'라는 주장은 공공연한 사실이다. 공무원은 개별 후보를 지지하거나 직접 선거 운동에 참여할 수 없지만, 이들의 가족, 친구, 선후배 등과의 관계망을 통해 상당한 영향력을 행사할 수 있다. 이들의 의견은 무게감이 있어 선거에서 누구를 선택하느냐에 큰 영향을 미친다.

현재의 지방자치단체 구성을 고려할 때, 시장이나 군수와 의회 의원들의 선거 결과가 지역 발전에 상당한 영향을 미친다. 이로 인해 공무원은 실제 선거에 큰 영향력을 행사하며, 지역사회에서 다른 사람의 태도, 의견, 행동 등에 강한 영향을 주는 사람임은 분명하다.

다음으로 '의견과 행동을 주도하는 역할'을 살펴보자. 공무원들은 공공 정책 수립과 실행, 사회 문제 해결, 지역 개발 등 다양한 분야에서 주도적 역할을 한다. 이는 사회 발전과 안정에 직접적인 영향을 미친다. 또한, 정부와 지역사회를 연결하고, 지역 구성원들과 소통하고 협력하여 지역 사회 발전 방향을 결정한다. 따라서 공무원이 지역에서 오피니언 리더로서 역할을 할 수 있는 이유는 그들이 지역사회와 밀접한 관계를 유지하며 의견과 행동을 주도하기 때문이다.

한 사람의 공무원이 지역을 바꿀 수 있다

공무원의 오피니언 리더의 역할에서 '의견과 행동을 주도하는 역할'에 주목할 필요가 있다. 한 공무원의 생각과 관점이 지역을 바꿀 수 있기 때문이다. 공무원은 자신의 권한과 책임을 어떻게 수행하느냐에 따라 상당한 영향력을 발휘할 수 있다.

공무원들은 단순히 민원 처리나 서류 발급 외에도 안전 관리, 예방 조치, 엄격한 감독 등의 업무를 수행한다. 그러나 오피니언 리더의 시각에서 보면, 공무원의 핵심 역할은 지역사회의 변화를 주도하고 발전을 이끄는 것이다.

한 사람의 공무원이 지역을 긍정적인 방향으로 바꿀 수 있다는 것은 여러 사례로 입증되고 있다. 그러면 공무원이 오피니언 리더로서 지역사회를 변화시킨 몇 가지 사례를 알아보겠다.

필자가 공직생활을 한 아산시의 사례를 보자. 당시 노동부에서 아산시로 이동한 7급 공무원의 이야기다. 그는 청년 사업과 관련한 업무를 담당했다. 아산시는 이전까지 청년 사업에서 큰 성과를 내지 못했으나, 이 공무원의 노력과 열정으로 '청년 아지트 나와 YOU'라는 청년 공간 두 곳을 설립하여 전국적인 벤치마킹 대상이 되었다. 이로 인해 아산시는 '청년 정책 우수 지자체'와 '충남 1호 청년 친화 도시'로 선정되었다.

이 외에도 청년 분야에서 많은 성과를 이뤘는데, 그가 일을 잘한다는 소문이 나면서 인사철마다 그를 데리고 가려는 요청이 많았다. 그러나 그는 청년정책의 중요성을 강조하며 약 5년 이상 같은 분야에서 업무를 수행하여 많은 성과를 창출했다. 평소에는 조용해 보이지만 업무에 임할 때는 열정과 끈질김으로 맡은 일을 추진하는 공무원으로 기억에 남아 있다. (PART 2. 06 - '내가 만난 예비 공무원 작가 이야기 2'에 수록)

또 다른 사례로는 '아산시 국도 대체 우회도로'를 들 수 있다. 이 도로는 아산시의 지형을 크게 바꾸는 중요한 프로젝트 중 하나로, 인구 40만이 안 되는 도시에 '링 도로'가 구축된 획기적인 사례였다. 그러나 이 도로를 계획하고 추진한 공무원이 누구인지는 시민들은 알지 못한다.

물론 이 도로는 어느 한 사람이 이룬 성과는 아니다. 중요한 것은 처음 아이디어를 제시하고 계획을 세운 사람이 있었다는 점이다. 또한, 어려움을 극복하며 끈질기게 사업을 추진한 사람이 있었기에 현재의 모습으로 완성될 수 있었다. 바로 어느 공무원의 지역에 대한 애착과 열정 덕분에 많은 시민이 편리함을 누리고 있는 것이다.

경부고속도로에서 천안IC로 진입하면 천안 시내로 향하는 산업도로를 지나게 된다. 이 도로는 크고 편리해, 지날 때마다 이 도로를 만든 공무원이 누구였을지 생각하게 된다. 이 도로는 도시 지형을 바꾼 대형 프로젝트로, 시민의 편리함뿐만 아니라 도시발전을 몇십 년 앞당겼다.

처음에는 대다수가 이 아이디어에 의구심을 갖고 반대했을 것이다. 대규모 프로젝트를 추진하는 것이 불가능하다고 생각했을 수도 있다. 그래도 공무원 중 누군가는 산업도로로 개설하자는 획기적인 아이디어를 냈고, 국비 확보를 통해 도로를 건설하는 과정을 거쳤을 것이다.

건설 과정에서는 당연히 어려움과 갈등이 있었겠지만, 이를 극복하고 애초의 목표였던 지역 발전과 시민의 편리함이라는 공익적 목적을 달성했다. 이는 누군가의 숨은 노력 덕분에 많은 시민에게 혜택을 안겨준 훌륭한 사례이다.

이와 같이 지역 발전을 위해서는 보이지 않는 곳에서 묵묵히 일하는 사람들의 노력이 필수적이다. 또한, 공무원 한 명 한 명의 열정과 비전이 지역을 변화시키는 원동력이 된다. 부여된 권한과 책임을 활용해 일하는 이들의 노력이 쌓여 큰 성과로 이어지는 것이다.

지역사회를 위한 주도적 역할을 책으로 기록하라

앞에서 살펴본 것처럼, 한 명의 공무원이 주도적 역할을 할 때 지역사회에서 큰 변화를 일으킬 수 있다. 이는 공무원 한 사람의 열정과 비전이 얼마나 강력한 영향을 미칠 수 있는지 보여준다. 이러한 공무원들의 노력은 당장 눈에 띄지 않지만, 그 결과는 분명히 보람 있고 오래 지속된다. 공무원 한 명 한 명이 변화를 이끄는 모습은 지역사회 발전의 핵심 동력이다.

그러나 여기서 멈춰서는 안 된다. 중요한 역할과 성과를 혼자만의 노력으로 끝낼 수는 없다. 더 많은 사람과 공유하며 지역사회 발전이라는 공익적 사명을 알리기 위해 기록으로 남겨야 한다.

이를 어떻게 기록하고 알릴 수 있을까? 바로 책 쓰기다. 책은 이러한 역할에 가장 강력한 수단이다. 책을 통해 이야기를 기록하고 전함으로써 우리의 경험과 지식을 후대에 알리고, 미래 세대에 영감을 주며 교훈을 전할 수 있다.

만약 아산시에서 '링 도로'를 처음 구상하고 어려움을 극복해 결과를 이끈 공무원이 그 경험을 책으로 기록하고 공유했다면 얼마나 큰 시너지를 낳았을까? 천안시의 발전을 몇십 년 앞당긴 산업단지 진입도로를 처음 제안하고 국비를 활용하는 아이디어를 낸 공무원이 추진 과정을 책을 통해 공유했다면, 후배들은 많은 영감을 받아 현재의 업무에 큰 도움이 되었을 것이다.

공무원이 자신이 추진했던 업무를 책을 통해 공개하는 것이 부담스러울 수 있다. 하지만 사업 추진 중 겪었던 어려움과 극복과정을 공유하는 일이 지역 발전을 위한 것이라는 명분으로 이를 극복해보자. 이러한 관점만 가진다면, 그 열정과 추진력으로 책 쓰기라는 도전에 충분히 나설 만하다.

공무원의 지역사회를 위한 주도적 역할을 책으로 기록하라. 자신이 가졌던 그림들, 과정에서 겪었던 장애물들, 이를 극복하고 추진했던 이유, 그리고 완성했을 때의 보람 등을 담담히 써내려가 보자. 이제 그 마음속에 간직했던 모든 기록을 책으로 당당히 남겨 보자. 지역사회 발전을 위한 열정과 헌신을 기록의 형태로 만들어가자. 이것이 우리가 이어나가야 할 소중한 과제이며, 미래 세대에게 전할 가치 있는 유산이다.

🔲 내가 만난 예비 공무원 작가 이야기 2

- 19년 차 행정직 ○○○ 팀장

"청년 정책에서 이룬 성과를 책으로 기록해 보는 건 어떠세요?"

지역을 변화시킨 공무원의 첫 번째 사례로 소개한 팀장을 만나 책 쓰기를 제안했다. 그는 5년 이상 같은 부서에서 다양한 성과를 창출했다. 특히 '청년 아지트 나와 YOU'라는 청년 공간을 2개나 설립해 전국에서 유명한 벤치마킹 대상이 되었다.

책 쓰기 제안에 대해 그는 "평소에 독서를 즐기지만, 책 쓰기는 생각해 본 적이 없었습니다."라면서도 "누군가가 도움을 주고, 책을 쓰는 방법을 안다면 도전해 보고 싶습니다."라고 말했다.

나는 "공무원이 자신의 성과와 노하우를 책으로 남기는 것은 의미 있는 일입니다. 책 쓰기를 위해서는 평소에 업무 추진 과정을 기록하고 다양한 자료를 잘 정리해 두는 것이 중요합니다."라고 조언했다.

그에 대해 궁금한 점이 많았다. 여러 부서에서 그와 함께 일하기를 원했지만, 진급에 크게 도움이 되지 않는 부서에서 5년 동안 근무하는 것은 쉬운 일이 아니었다. 그래서 "같은 부서에 계속 근무한 특별한 이유가 있었나요?"라고 물었다.

그는 "당시 청년 관련 부서가 처음 만들어졌을 때였어요. 새로운 정책을 만들어 가면서 보람과 애착을 느꼈습니다. 조금 더 노력하면 성과를 이룰 수 있겠다는 생각이 들었습니다."라고 설명했다. 그의 말에서 남다른 성과를 낸 이유를 이해할 수 있었다.

공무원이 한 부서에 오랜 기간 근무하면서 전문성을 갖추는 것에 대해 물었다. 그는 "매우 중요하다고 생각합니다. 부서에 있을 때는 그에 대한 중요성을 잘 몰랐습니다. 6급으로 진급하고 8개월 정도 다른 부서에서 근무하다가 다시 돌아왔을 때 업무 연속성의 중요성을 느꼈습니다."라고 말했다.

가장 보람 있었던 일을 물었을 때, 그는 "'청년 아지트 나와 YOU'를 개설한 것입니다. 청년 관련 공간 개념이 없었던 당시, 국비를 확보하기 위해 '지역 주도형 청년 일자리 사업'을 추진했고, 국비가 선정되면서 사업 추진의 동력이 생겼습니다. 그 결과, 청년이 참여하여 놀이, 모임, 교육을 진행할 수 있는 거점 역할을 하는 '나와 YOU'라는 청년 공간이 충남 최초로 탄생했습니다."라고 설명했다.

앞으로 공직생활 계획을 물었을 때, 그는 현재의 역할에 충실하면서 청년 업무를 계속 맡고 싶다고 했다. 지역 청년 정책의 핵심인 기반 시설 마련과 일자리 창출에 힘쓰겠다고 밝혔다. 또한, 최근에 '창업보육 전문 매니저' 자격을 취득했으며, 지역 인재 양성에도 주력하고 싶다고 했다.

그와의 대화는 많은 교훈을 준 보람된 시간이었다. 특히, 공무원의 전문성이 얼마나 중요한지 깨달았고, 전문성이 요구되는 부서에서는 이를 더욱 강화하는 방향으로 나가야 할 필요성을 느꼈다. 또한, 큰 성과를 이룬 공무원은 그 과정에서 독특하고 성공적인 노하우를 갖고 있으며, 이를 공유함으로써 공직자뿐만 아니라 지역 발전의 핵심 요소가 될 수 있다는 사실도 알게 되었다.

또한, 강평석 작가의 '공무원이 퇴직하면 박물관이 없어지는 것과 같다.'라는 말이 떠올랐다. 이는 공무원이 30년 이상의 경험과 노하우를 쌓는 것이 마치 박물관과도 같다는 의미이며, 퇴직과 함께 소중한 자산이 사라지는 것에 대한 안타까움을 표현한 것이다.

따라서 이 팀장이 그동안의 성과와 노하우를 책으로 기록한다면, 더없이 의미 있는 작업이 될 것이다. 어려운 순간마다 강한 추진력으로 결과를 만들어낸 것처럼, 이제는 책 쓰기에도 도전하길 기대해 본다.

06

사회적 민감성이 높은 편이다

"사회적 민감성이 잘 발달한 사람들은 어떤 공간에 들어가도 분위기를 잘 파악한다. 하지만, 사회적 민감성이 떨어지는 사람들은 분위기에 둔감하다. 그래서 사회적 민감성이 적절하면 큰 장점이지만, 지나치게 민감하면 너무 주변의 시선에 기준 삼게 된다."

이 말은 오은영 박사가 채널A의 〈요즘 육아 금쪽같은 내 새끼〉라는 프로그램에서 사회적 민감성에 대해 언급한 내용이다. 이는 '사회적 민감성이 높은 아이' 편에 나오는 내용으로, 방송 중에 5살 아들을 키우는 엄마가 출연하여 아이의 특징을 설명한다.

아이는 재미있게 놀다가 갑자기 울거나 화를 내기도 하지만, 엄마가 직장에 있는 동안에는 혼자서도 잘 지내며, 스스로 텔레비전을 보며 시간을 조절할 수 있다. 엄마가 힘들어 보일 때는 웃음을 유도하려고 춤도 춘다.

엄마가 직장 일 때문에 전화를 받을 수 없다고 말해도 서운해하기보다는 괜찮다며 꿋꿋한 모습을 보인다.

오은영 박사는 이러한 특징을 사회적 민감성이 높은 아이라고 설명한다. 여기서 사회적 민감성은 타인과의 관계를 형성하고 유지하기 위해 사회적 신호에 민감하게 반응하는 특성을 말한다. 높은 사회적 민감성을 가진 사람들은 주변에서 긍정적인 보상을 받기를 기대하며, 다른 사람들로부터 인정받으려고 노력한다. 이로 인해 이들은 대화와 상호작용을 원활하게 이루며, 다른 사람들의 어려움에 공감하고 영향을 받을 가능성이 높다.

공무원은 사회적 민감성이 높은 직업이다

앞에서 사회적 민감성을 살펴본 이유는 이것이 공무원의 직무 수행과 밀접한 관련이 있기 때문이다. 공무원의 업무에 사회적 민감성을 대입해보면, 사회적 이슈, 변화, 현상을 예민하게 인지하고 신속히 대응하는 능력을 의미한다. 이러한 능력은 공무원의 직무 수행에서 중요한 역할을 차지한다.

일반적으로 공무원은 사회적 민감성이 낮다고 생각된다. 이러한 인식은 공무원이 변화에 소극적이고 보수적인 집단으로 여겨져 왔기 때문이다. 그러나 현실은 다르다. 사실, 공무원은 다른 직업군에 비해 사회적 민감성이 높은 편이다.

그렇다면 공무원이 사회적 민감성이 높은 이유는 무엇일까? 세 가지 주요 이유를 살펴보겠다.

첫째, 홍보의 중요성과 비중이 높다. 공무원들은 정책, 여론 보도, 여론 등을 중시하며 정책 홍보에 주력하면서 잘못된 정보의 확산을 막는 데에도 집중한다. 이는 홍보 업무가 공무원의 주요 임무임을 보여준다. 정확하고 효과적인 정보 전달은 시민들과의 신뢰를 구축하는 데 필수적이다. 예를 들어, 지방자치단체 공무원이 환경보호 캠페인을 진행할 때, 사회적 민감성이 높은 공무원은 캠페인의 중요성을 이해하고 주민들과의 소통을 강화하여 참여율을 높인다.

둘째, 정치 환경의 영향을 많이 받는다. 중앙정부, 정부 기관, 지방자치단체, 교육청 등은 선거 결과에 영향을 받는다. 정치적 성향에 따라 정책 방향이 크게 좌우되므로, 공무원은 변화하는 리더십과 조직 분위기에 적응해야 한다. 예를 들어, 지방자치단체에서 새로운 시장이 선출되면 정책 방향과 우선순위를 조정해야 한다. 이는 정책 결정, 조직 운영, 예산 배분 등에도 큰 영향을 미친다.

셋째, 민원인에 대한 대응이 중요하다. 최근 민원인 수준이 높아지면서 이 역할의 중요성이 커지고 있다. 민원인의 요구사항은 복잡하고 예민하기 때문에 소통 능력을 강화하고 법률 및 제도에 대한 이해와 대응 능력을 높여야 한다. 공무원은 시민들이 공공 서비스를 받거나 불만을 제기할 때

친절하고 효과적으로 대응해야 하며, 민원 처리 과정에서 투명성과 공정성을 유지하는 것이 중요하다. 또한, 민원 처리 후 피드백을 제공하고 개선점을 파악하여 더 나은 서비스를 제공해야 한다.

요약하자면, 공무원은 사회적 민감성이 높은 직업이다. 이는 홍보의 중요성, 정치 환경의 영향, 민원인에 대한 대응 등 다양한 측면에서 중요한 역할을 한다. 공무원은 이러한 사회적 민감성을 유지하기 위해 꾸준한 노력과 전문성을 갖추어야 한다. 이를 통해 더 나은 서비스를 제공하고 지역 사회 발전에 기여할 것이다.

사회적 민감성이 높은 공무원이 업무를 잘한다

그렇다면 사회적 민감성과 업무 능력 사이에는 어떤 관계가 있을까? 결론적으로, 사회적 민감성이 높은 공무원이 대체로 일을 잘할 가능성이 높다. 이는 공무원이 자신의 업무에서 사회적 이슈에 대해 어떻게 상호작용하고, 활용하느냐에 따라 좌우된다.

사회적 민감성이 높은 공무원은 변화에 민감하게 대응하고, 시대의 흐름에 맞춰 업무 방식을 조정한다. 이들은 민원인과의 상호작용에서 발생하는 다양한 문제를 효과적으로 해결하며, 시민들에게 더 나은 서비스를 제공하는 데 주력한다. 또한, 변화를 단순히 받아들이는 데 그치지 않고, 이를 적극 활용하여 실행력을 높이고 성과를 공유한다. 이러한 공무원들은 조직 내에서 인정받고 업무를 주도적으로 이끈다.

필자는 공무원이 안정적인 성향의 사람들에게만 어울린다는 주장에 반대한다. 오히려 적극적인 성향의 사람들이 공무원이 되어야 한다고 생각한다. 물론 이러한 성향은 다른 직업에서도 선호된다. 그러나 공무원 조직에는 신중하고 안정을 추구하는 사람이 많으므로, 적극성을 갖춘 사람들의 역할이 필요하다. 이들은 강한 추진력과 열정을 발휘해 업무에서 변화와 성장을 주도할 수 있다.

이런 공무원들은 지속적인 자기 계발에 열정을 쏟아 업무의 효율성과 전문성을 높여 조직 내에서 중요한 역할을 한다. 이는 민원 처리 능력을 향상시키고 조직 목표 달성에 기여하며, 승진 기회를 더 많이 얻을 수 있다. 이러한 역량은 사회에 긍정적인 영향을 미치며, 끊임없이 발전하고 성숙해 나갈 것이다.

사회적 민감성을 책 쓰기에 활용하라

그렇다면 사회적 민감성을 어떻게 책 쓰기와 연결할 수 있을까? 공무원이 사회적 민감성을 활용해 책을 쓸 경우 몇 가지 장점이 있다.

우선, 다양한 주제를 접목할 수 있다. 사회적 민감성은 공무원이 업무를 통해 얻은 여러 사회 이슈와 폭넓은 주제를 선택할 수 있게 한다. 예를 들어, 환경 문제, 사회적 불평등, 교육 개혁 등 사회적 관심사를 다루는 책을 통해 공무원의 시각으로 독자들에게 풍부한 정보를 제공할 수 있다.

또한, 공무원은 정부나 공공기관, 지방자치단체 등에서 다양한 경험을 쌓으며 고유한 시각과 지식을 얻게 된다. 이를 책 쓰기에 연결하면 독자들은 중요한 정보를 얻을 수 있다. 예를 들어, 공무원이 우수기업 유치에 관한 책을 쓴다면 독자들은 정책 결정과 시행 과정을 이해하는 데 큰 도움을 받을 것이다.

더불어, 성과를 기록하고 공유할 수 있다. 큰 성과에는 보이지 않는 중요한 스토리가 있다. 이런 이야기는 직접 참여하지 않으면 알기 어렵다. 이를 책을 통해 공유하면 독자들은 소중한 노하우를 얻고, 미래의 성과에도 큰 도움이 될 것이다. 이때 공개 가능한 정보와 보안 문제를 엄격히 구분하는 것이 중요하다.

마지막으로, 독자들에게 동기부여가 될 수 있다. 공무원의 업무 경험은 독자들에게 큰 자극이 된다. 특히 공무원이 극복한 어려움, 달성한 목표, 중요한 성과 등에 관한 이야기는 독자들에게 용기와 도전의식을 심어줄 수 있다.

지금까지 언급한 것처럼, 사회적 민감성을 활용한 책 쓰기는 공무원이 가진 큰 장점이다. 중요한 것은 책 쓰기에 직접 도전하고 실행에 옮기는 것이다. 이를 위해서는 업무 과정과 성과를 기록하는 것이 중요하다. 시간이 지남에 따라 기억이 희미해질 수 있으므로, 책 쓰기를 통해 경험을 정리하고 성찰하면 더 큰 성장으로 이어진다. 이 과정은 자기 발견과 변화를 위한 소중한 여정으로 다가온다.

이제 사회적 민감성을 책 쓰기에 활용해 보자. 사회적 민감성이 높다는 것은 많은 고민과 갈등을 수반할 수 있다. 그러나 성과를 이뤄낼 때마다 희열과 성취를 느낄 수 있다. 이러한 소중한 순간들을 혼자만 간직하는 것은 아쉽다. 이제 소중한 순간과 경험을 과감하게 세상에 펼쳐보자. 이는 책 쓰기만이 주는 선물로, 앞으로도 계속 가치 있게 다가올 것이다.

PART 3

공무원 책 쓰기의

효율적인 집필 준비 노하우

01

적절한 분량 계산과
효율적인 시간 관리

"당신이 물어야 할 것은 '나는 무엇을 원하는가?'나 '나의 목표는 무엇인가?'가 아니라 '무엇이 나를 흥분시키는가?'이다."

세계 최고 혁신기업의 초기 투자자이자 컨설턴트로 유명한 팀 페리스는 그의 저서 《나는 4시간만 일한다》에서 이렇게 말했다. 또한 그는 "우리의 적은 지루함이지 어떤 추상적 개념의 '실패'가 아니라는 사실"이라면서 "목표 달성의 효과를 보기 위해서는 목표가 비현실적이어야 한다."라고 덧붙였다.

주변 사람들에게 책을 한 권 쓰겠다고 말해보자. 어떤 반응을 보일까? 대부분은 "과연 할 수 있을까?"라는 부정적 반응을 보일 것이다. 최소한 겉으로 표현하지는 않더라도 속으로는 그런 생각을 할 가능성이 많다. 나도 처음 책을 쓸 때 주변 사람들의 반응이 그랬다. 심지어는 가족들도 마찬가지였다.

왜 그럴까? 그 이유는 책 쓰기가 쉽지 않은 일이기 때문이다. 대대수는 이를 비현실적인 목표로 여긴다. 팀 페리스가 말한 '목표 달성의 효과를 보기 위해서는 목표가 비현실적이어야 한다.'고 말한 것처럼, 책 쓰기라는 목표는 충분히 가치 있는 일이며, 사람들의 처음 반응을 놀라움으로 바꿀 수 있는 매력을 지니고 있다. 또한, 누구나 느낄 수 없는 희열을 맛볼 수 있는 일이기도 하다.

그렇다면, 무엇이 사람을 진정으로 흥분시키는 목표가 될 수 있을까? 평범한 목표로는 어려우며, 비현실적으로 보이는 목표일 때만 그런 흥분이 가능해진다. 책 쓰기는 바로 그런 목표를 제공한다. 그래서 책 쓰기는 인생에서 한 번쯤 도전해 볼 만한 가치 있는 일인 것이다.

이처럼 자신을 흥분시킬 만큼 멋진 일이라면, 시간이 부족하다고 느낄까? 설령 시간이 없더라도 책 쓰기에 몰입하게 될 것이다. 책 쓰기에 집중하는 동안에는 시간 가는 줄 모르고, 모든 순간을 책 쓰기에 헌신할 것이다. 그런 경험을 이미 많이 해보지 않았는가? 시간이 부족해서 책 쓰기가 어렵다고 생각하는 이들에게 전하고 싶은 말이다.

필자도 마찬가지다. 책 쓰기를 인생의 가장 중요한 비전으로 삼은 후 전혀 다른 삶을 살고 있다. 모든 일과에서 책 쓰기를 일상의 중심에 두고 있다. 생각도 행동도 마찬가지다. 앞으로의 삶의 방향도 여기에 맞춰질 것이다. 이제 책 쓰기는 삶의 가장 중요한 위치를 굳건히 차지하고 있다.

시간이 없어서 책 쓰기가 어렵다는 생각을 단 한 번도 해본 적이 없다. 책을 쓰는 시간은 나에게 큰 즐거움이고, 행복을 주는 시간이다. 그런데 어떻게 그런 생각을 할 수 있겠는가? 책 쓰기는 나의 인생에서 가장 큰 비전이기에 그런 핑계를 댈 수 없다. 다만, 게으름을 반성하고, 실천 의지를 다질 뿐이다.

책 쓰기의 첫 관문, 글쓰기의 어려움

책을 쓰겠다고 마음 먹었을 때 처음으로 부딪히는 어려움은 "내가 과연 250페이지가 넘는 글을 쓸 수 있을까?"라는 고민일 것이다. 책 한 권이 대략 250페이지 정도의 분량이라면, 이렇게 방대한 분량의 글을 직접 쓴다는 것은 정말 쉽지 않은 일이다. 독서도 쉽지 않은데, 책을 직접 쓴다는 것은 큰 도전으로 다가온다.

또한, 책을 읽다 보면 가끔 "이 책을 저자가 직접 다 썼을까?"라는 의문이 생긴다. 때로는 다른 누군가가 일부를 써줬을지도 모른다는 생각이 든다. 대필을 의심하기도 한다. 주변에서 이런 이야기를 자주 듣기 때문이다. 이렇게 책 쓰기는 자신이 해내기에는 벅찬 일로 여겨진다.

보통은 시작도 하기 전에 겁을 먹곤 한다. 시작도 못하고 포기하는 경우도 많다. 그러나 책 쓰기는 한 번에 완성되지 않는다. 단계적인 과정을 거쳐야 한다. 250페이지의 책도 한 단락씩, 한 페이지씩 써 내려가야 한다. 글을 쓰는 과정에서 한 문장씩 좋은 표현이 나오고, 한 단락씩 의미 있는 이야기가 펼쳐진다. 이러한 작은 성취들이 모여 큰 성과로 이어지는 것이다.

책을 쓰는 과정에서 필자는 이전에 경험하지 못한 새로운 감정들을 느꼈다. 때로는 며칠 동안 한 줄도 쓰지 못해 고민했지만, 한 줄씩 쓰며 글을 다듬어 몇 페이지를 완성할 수 있었다. 그럴 때마다 '이 글을 정말 내가 직접 썼다니!'라는 커다란 희열을 맛보았다. 이런 순간들을 통해 한 권의 책을 완성한 자신을 보며 스스로를 대견하게 생각했다. 한 줄 한 줄의 과정은 힘들었지만, 그 결과는 나를 뛰어넘는 순간이었다.

큰 그림보다 작은 부분에 집중하는 것이 효과적이다. 한 단락, 한 페이지에 집중하여 책을 써 내려가면, 책을 완성하는 것이 훨씬 수월해진다. 현실적이고 달성 가능한 목표를 세우면 결국은 상상하지 못한 분량의 책을 완성하는 기쁨을 맛볼 수 있다. 이 과정에서 책을 직접 썼다는 뿌듯함과 자부심을 느끼게 된다.

책 쓰기의 시작, 적절한 분량 계획하기

책 한 권을 완성하기 위한 분량을 살펴보자. 시작하기 전에 예상되는 분량을 파악하는 것이 중요하다. 예를 들어, 200페이지에서 250페이지의 책이라면, A4용지 기준으로 150페이지에서 180페이지를 작성해야 한다. 이는 '아래아 한글 프로그램'에서 글자 크기를 11포인트, 줄 간격을 160%로 설정했을 때의 분량이다.

분량을 예상하기 위해 목차를 확인하고 계획을 세워보자.(아래 '책 한 권을 완성하기 위한 목차 선정 방법' 참조) 예를 들어, 5장에서 6장으로 구성된 책을 쓴다면 각 장당 5절에서 6절을 작성할 수 있다. 특히, 1절당 A4 용지로 5~6장을 작성하고, 제목, 목차, 서문, 에필로그, 부록 등을 고려하면 책 한 권이 완성된다. 이렇게 예상 분량과 계획으로 목표를 설정하고 작업을 진행하면 좋다.

물론 작가의 성향이나 책의 목적에 따라 분량을 조절할 수 있다. 각 절의 분량, 장의 숫자, 페이지 수 등을 조절하는 방식이 가능하다. 중요한 것은 자신에게 맞는 분량을 설정하고 이를 기반으로 작업을 진행하는 것이다.

책 한 권을 완성하기 위한 목차 설정 방법

200~250page 책 한 권 분량 ☞ A4용지 150~180page 정도		
방법 1	방법 2	방법 3
○총 5~6장 ○각 5~6절 ○각 절당 5~6장 작성	○총 3~4장 ○각 8~9절 ○각 절당 5~6장 작성	○총 7~8장 이상 ○각 5~6절 정도 ○각 절당 3~4장 작성

책 쓰기를 위한 시간 관리 기술

이제 시간을 효과적으로 활용하는 방법을 알아보자. 바쁜 일상 속에서 책을 쓰기 위해서는 체계적인 시간 관리와 계획을 세워야 한다. 매일 꾸준히 시간을 내어 책 쓰기 루틴을 만드는 것이 중요하다.

책을 쓸 때 각 장을 절로 나누어 작성하는 것이 핵심이다. 필자의 경우, 보통 1절당 약 3~4개의 소주제를 정해 썼다. 이를 통해 전체 내용이 연결되면서도 각 소주제는 독립적인 이야기를 담는다. 하루에 1절의 1개 소주제를 목표로 삼아 책을 쓰는 것이 효과적이다.

최종적으로, 1장을 완성하는 데 약 1개월 반 정도가 소요된다. 이를 기준으로 책 한 권을 완성하는 데 약 5개월이 걸린다. 그러나 책 쓰기에서는 분량 채우기만큼이나 집중력과 속도가 중요하다. 몰입을 유지하기 위해 1개월에 1장을 목표로 삼는 것이 좋다. 이는 글쓰기 효율성을 높이는 데 큰 도움이 된다.

요약하면, 책 한 권을 완성하는 데에는 약 5개월이 걸리며, 각 장당 1개월 정도의 시간이 필요하다. 제목, 목차, 서문, 에필로그, 부록 등을 포함하면 총 6개월 정도가 적당하다. 이러한 계획을 통해 책 쓰기에 필요한 기간을 효과적으로 예측할 수 있다.

단기간 집중하여 시너지 효과 얻기

　단기간 집중하여 시너지 효과를 얻는 것은 책을 쓰는 데 있어 필자가 경험을 통해 얻은 귀중한 교훈이다. 각 개인은 생활 패턴, 일정, 글쓰기 능력, 직업, 성향, 책 쓰기의 필요성 등 다양한 변수에 따라 시간 배분과 진행 속도가 크게 다를 수 있다. 그러나 명확한 책 완성 목표를 세우면, 이러한 다양한 변수들은 큰 영향을 미치지 않는다. 결국, 책 쓰기에 대한 강력한 의지와 실천이 핵심이다.

　나의 경우, 첫 번째 책을 쓸 때는 출간기획서 작성부터 계약, 원고 작성까지 약 100일이 걸렸다. 당시 직장을 그만두어 충분한 시간을 할애할 수 있었고, 명확한 목표와 기한 덕분에 빠르게 진행할 수 있었다. 이 경험을 통해 《누구보다 빨리 책 쓰는 법》에서 김병완 작가가 말한 것처럼 "10년 동안 책 한 권을 쓰는 것보다 100일 동안 책 한 권을 쓰는 것이 더 현명하다."라는 지혜를 깨닫게 되었다.

　짧은 기간에 집중적으로 글을 쓰면서 에너지가 폭발하고 사고의 폭이 확장되는 느낌을 받았다. 글쓰기 능력도 상당히 향상되었으며, 짧은 시간 내에 집중하여 책을 완성하는 과정에서 재미와 열정을 더 높일 수 있었다. 이러한 경험을 통해 얻은 성취감과 자신감은 큰 의미가 있었고, 앞으로도 책을 빠르게 쓰기 위한 노력을 이어갈 계획이다.

　공무원으로서 가진 여건과 장점을 활용하여 효과적으로 시간을 관리하고 단기간에 집중적으로 책을 쓰는 도전은 매우 효과적이다. 우리는 항상 바쁜 일상 속에서 시간에 쫓기며 살아간다. 이런 환경에서 책을 쓰는 것은 결코 쉽지 않다. 따라서 효과적인 시간 관리와 집중력 확보는 필수적이다.

이러한 도전을 통해 자신의 역량을 높이고 새로운 가능성을 발견할 수 있다. 책을 쓰는 과정은 창작의 즐거움을 경험하며 예술적인 성취를 느끼게 한다. 또한, 자신의 이야기를 공유함으로써 마음의 풍요로움을 느낄 수 있는 소중한 경험이 될 것이다.

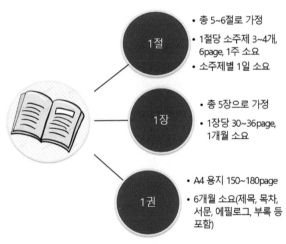

책 한 권의 책 쓰기 분량 및 시간 예시

02

혼자 있는 자투리 시간에
떠오른 아이디어 연결하기

필자는 최근 대학 강의 수강생들에게 책 쓰기에 관한 설문 조사를 했다. 그 결과, 학생들의 67.7%가 대학생 시절에 책을 쓰고 싶다고 응답했다. 93.5%의 학생들은 책 쓰기를 쉽게 할 수 있다면 도전하겠다고 밝혔다. 이는 매우 놀라운 결과였다. 대학생 누구나 쉽게 책을 쓸 수 있다면 책 쓰기에 도전하고 싶다는 의지를 확인할 수 있었다.

대학생들이 이 정도라면, 공무원들은 책 쓰기에 대한 동기가 훨씬 강할 것으로 예상된다. 대학생들은 인생 경험이 많지 않아 책을 쓴다는 것이 어렵게 느껴질 수 있다. 그러나 공무원은 공직생활을 통해 얻은 업무 경험으로 책을 쓸 수 있다고 생각한다면 더 쉽게 책 쓰기에 도전할 수 있을 것이다.

지금까지 대학 강의와 공직생활 과정, 그리고 책을 출간한 이후에 책 쓰기에 관한 이야기를 나누면 관심을 갖지 않은 사람을 거의 보지 못했다. 특히 공무원 중에서도 책 쓰기에 도전하고 싶은 사람들을 많이 목격했다. 대부분은 책 쓰기에 대한 방법을 몰라 시도하지 못할 뿐이었다. 효과적인 방법을 알면 책 쓰기에 도전해 보겠다는 공무원들이 의외로 많았다.

물론 책 쓰기에 전혀 관심이 없는 공무원들에게는 이 이야기가 상관없을 수도 있다. 그러나 책을 쓰겠다는 생각이 있는 공무원이라면, 여러 가지 걸림돌에 대해 이야기하는 것은 핑계에 불과하다. 책 쓰기는 누구나 시작할 수 있다. 하지만, 끝까지 완성하는 것이 중요하다. 이를 위해서 자신만의 효과적인 방법을 찾아내고, 목표를 이루기 위한 꾸준함이 요구된다.

책 쓰기 과정은 무에서 유를 만드는 창조적 과정이다. 또한, 고도의 예술적 행위로서의 측면도 존재한다. 책을 쓰는 과정은 매력적인 나만의 시간을 갖게 되면서 행복한 경험을 선사한다. 그러나 동시에, 창작의 고통이라는 고독한 시간을 감내해야 한다. 책 쓰기는 인생을 변화시키는 멋진 비전으로 다가오는 만큼, 이 일에 나서는 당당한 용기가 필요하다.

"무리 지어 다니면서 성공한 사람은 없다"

"무리 지어 다니면서 성공한 사람은 없다"라는 말은 일본의 역사학자이자 교육학자로 유명한 사이토 다카시가 언급했다. 그는 저서 《혼자 있는 시간의 힘》에서 "뭔가를 배우거나 공부할 때는 먼저 홀로서기를 해야 한다. 머리의 좋고 나쁨이나, 독서의 양보다는 단독자의 자질이 필요하다"라고 강조했다.

이 말을 언급한 이유는 공무원들에게 중요한 메시지라고 생각하기 때문이다. 8년 동안 공직생활을 통해 느낀 점 중 하나는 공무원들 사이에서 술자리가 많다는 것이다. 처음에는 이에 대해 놀라움을 느꼈을 정도였다. 최근에는 회식 문화가 줄었고, 젊은 공무원들 사이에서는 술자리를 꺼리는 경향이 있기는 하지만, 여전히 이러한 분위기는 이어지고 있다.

물론 이것이 꼭 나쁜 것이라는 의미는 아니다. 어떤 조직에서든 인간적인 관계를 형성하는 데 도움이 되며, 어려움을 함께 나누고 위로하는 자리는 필요하다. 중요한 프로젝트를 완수하거나 어려운 감사를 진행한 후 격려를 나누는 술자리는 조직 내 사기를 높이는 데 기여할 수 있다.

여기서 강조하고 싶은 것은 공무원끼리의 술자리를 최소화하자는 것이다. 자주 소통하고 비슷한 업무를 하는 사람들끼리 모이는 것은 편할 수 있지만, 이러한 습관이 많아질 경우에 없으면 허전해지는 법이다. 또한, 그러다 보면 새로운 것을 모색하기보다는 익숙한 것을 계속할 가능성이 높아진다.

그렇다면 무엇이 문제가 될까? 무엇보다 만나는 사람이 한정될 수밖에 없다. 공무원의 신분으로 업무에 도움이 되고, 자신의 성장을 위해 만날 수 있는 대상이 얼마나 많은가? 지나치게 빈번한 술자리는 개개인의 시간과 에너지를 소모할 뿐만 아니라, 다양한 경험을 쌓고 성장하는 기회를 놓칠 수도 있다.

따라서 서로 다른 배경을 가진 사람들과 소통하며 새로운 시야를 얻는 것이 필요하다. 술자리 외에도 다양한 방식으로 소통하고 협력하는 기회를 찾아보는 것도 중요하다. 서로 만나서 단순히 위로하는 것으로는 개인의 성장에 한계가 있다. 그 시간을 조금만 줄여서 자기 계발에 더 많은 시간을 투자하는 것이 바람직하다.

특히 무엇을 할지 모른다면 적극적으로 찾아보자. 의외로 할 것이 없다는 사람이 많다. 이는 대부분 익숙한 것이 편해서 변화를 주저하는 게으름일 수 있다. 사람이 성장하는 것은 자신의 울타리에서 벗어날 때 가능하다. 친한 사람들과의 술자리도 좋지만, 그 시간을 자신의 미래를 대비하는 데 활용하자. 만남의 폭을 넓히고 새로운 가능성을 모색하는 습관이 자기 발전에 도움이 될 것이다.

결국, 무엇을 하든 자신의 성장에 도움이 되는 일에 힘써보자. 그 일에는 반드시 혼자 있는 시간이 필요하다. 물론 다른 사람을 만나는 것을 피하라는 것이 아니다. 조직에서 인맥을 만드는 이유이든, 업무상 필요해서든 사람을 만나는 것은 불가피하다. 필요하다면 적극적으로 임해야 한다.

하지만, 자신의 성장을 위해서는 혼자 있는 시간을 늘리는 것만큼 중요한 것은 없다. 처음에는 익숙하지 않을 수 있다. 혼자 있으면 마땅히 할 일이 없어 비효율적으로 느껴진다. 그동안 혼자 있으면 스마트폰이나 TV로 무의미한 시간을 보내는 경우가 많았을 것이다. 이제는 습관을 바꿔 혼자 있는 시간을 의미 있게 보내보자.

혼자 있는 자투리 시간에 떠오른 아이디어를 책 쓰기에 연결하라

우리의 삶에서 책 쓰기에 투자할 수 있는 혼자만의 시간에 대해 살펴보자. 운전 중 스마트폰을 사용하는 시간, 운동, 독서, 잠자기 전의 시간 등이 이에 해당한다. 이는 모두 우리에게 소중한 시간들이다.

이 시간에 떠오른 아이디어를 책 쓰기에 연결하면 효과적인 시간 관리로 이어진다. 이 시간을 잘 활용하면 우리의 삶이 더욱 풍요로워질 수 있다. 이제, 나의 경험을 통해 혼자 있는 시간을 어떻게 책 쓰기에 활용할 수 있는지 살펴보겠다.

운동 중에 책 쓰기에 대한 아이디어가 떠오르는 경험이 있다. 헬스장에서 러닝머신을 이용하면서 창의적인 생각들이 많이 떠올랐다. 떠오른 아이디어를 잊어버리지 않기 위해 운동 중간에 카톡에 메모를 남겨두는 습관을 갖게 되었다. 이런 작은 습관이 글을 쓰는 데 도움이 되었고, 그 아이디어가 책 속의 소중한 글로 완성되는 경우가 많았다.

전문가들은 규칙적인 운동이 혈류를 증가시키고 신경망의 연결성을 강화할 수 있다고 조언한다. 하루에 30분 정도의 유산소 운동이나 걷기는 뇌에 산소를 공급하고 인지 능력을 향상시킬 수 있다. 이는 독일의 철학자 프리드리히 니체가 말한 "진정 위대한 모든 생각은 걷기에서 나온다."라는 말과도 부합한다.

또한, 독일의 철학자인 칸트는 매일 오후 3시 30분에는 쾨니히스베르크의 7개 다리를 산책했다. 그의 산책은 철학에 큰 영향을 미쳤다. 산책이나 걷기는 아이디어를 떠올릴 수 있는 훌륭한 방법 중 하나이다. 이러한 시간들을 효과적으로 활용하면 책 쓰기에 큰 도움이 될 수 있다.

혼자 있는 시간 중 운전하는 시간도 아이디어가 떠오르는 중요한 순간이다. 바쁘게 목적지로 향하는 운전은 도움이 되지 않지만, 주변 자연과 함께하는 드라이브는 아이디어를 떠올리기에 최적의 순간이다. 특히 풍경이 아름다운 곳에서 좋은 생각이 떠올라 차에서 내려 노트에 글을 써 내려간 경험이 많았다. 만약에 노트가 준비되지 않았다면 핸드폰 음성녹음을 활용하는 것도 좋은 방법이다.

이러한 순간에 느끼는 것은 익숙한 일상에서 벗어나 낯선 환경에 내 몸을 맡기면 훨씬 더 창의적인 아이디어가 떠오른다는 것이다. 이는 책 쓰기에서 빼놓을 수 없는 중요한 방법이다. 이런 새로운 경험들은 작가의 시각을 확장하고 창의성을 높이는 데 도움이 된다.

또한, 잠자기 전에 침대에 누워 하루를 정리하고 조용히 생각에 잠기는 시간도 아이디어가 떠오르는 중요한 순간이다. 기억이 안 날 것을 대비해 카톡에 메모를 해두곤 했다. 다음날 메모한 글을 보면 다른 때보다 수준이 높다는 것을 느낄 때가 많았다. 조용한 환경에서 마음을 정리하며 편안히 생각하는 시간은 글쓰기에 필요한 아이디어를 발굴하는 데 매우 큰 도움이 되었다.

무언가를 기다리거나 이용하는 시간도 효과적인 활용이 가능하다. 병원, 카페, 대중교통 등에서 혼자 있는 시간이 생길 때가 많다. 이 짧은 시간을 활용하면 더이상 '시간이 없다'는 핑계를 댈 수 없다. 다시 강조하지만, 책 쓰기에서 중요한 것은 시간이 아니라 실천 의지이다.

이처럼 혼자 있는 자투리 시간을 활용하면 작은 아이디어들이 모여 더 큰 이야기로 완성될 수 있다. 시간을 무의식적으로 보내지 말고 목표와 관심사에 맞춰 활용하면 누구나 책을 쓸 수 있다. 더 나아가, 내면의 성장과 풍요로움을 함께 추구할 수 있다. 이 시간을 통해 자기표현의 기회로 삼아 창의적인 여정을 떠나길 기대한다.

혼자 있는 시간에 떠오른 아이디어를 책 쓰기에 연결하는 방법

방법 1	방법 2	방법 3	방법 4
산책이나 걷기 운동 中	운전 中	잠자기 전	기다리는 中 (병원, 카페, 대중교통 등)
카톡에 기록하기, 노트에 기록하기, 핸드폰 음성 녹음하기			

03

연수나 휴직제도 이용하기

공무원에게 책 쓰기를 제안하면 대부분 "지금은 눈치도 보이고, 시간도 없어서 승진한 후에 해보겠다."라고 말한다. 물론 이해는 된다. 사실 지방 자치단체의 경우, 6급까지는 눈치가 좀 보이는 게 현실이다. 업무도 바쁘고 시간 내기가 만만치 않다. 하지만, 어떤 이유든 시작하는 게 중요하다. 나중에는 또 다른 이유가 생기기 때문이다.

책 쓰기를 시작하려면 어떻게 해야 할까? 먼저 주제를 정하고 제목을 정한 다음에 목차를 만들어 놓으면 언젠가는 책을 쓰게 된다. 그래서 필자는 주제가 떠오르면 가장 먼저 제목을 정하고 목차를 작성한다. 여유가 있으면 서문 정도까지 써놓는다. 이렇게 하면 책의 반 정도를 완성한 기분이 든다. 시간이 문제일 뿐 언젠가는 책을 완성할 수 있다는 자신감이 생긴다.

이런 과정을 거쳐 현재 책 쓰기 목록에 있는 것만 8개나 된다. 필자는 남은 인생에서 총 30권의 책을 쓰겠다는 목표를 세웠다. 지금 나이를 생각하면 쉽지 않은 도전이다. 80세까지 매년 최소 1권 이상 써야 한다. 그러나 적극적으로 시도한다면 충분히 가능한 일이다. 50대인 지금, 이 얼마나 즐거운 일인가? 그래서 책 쓰기는 나에게 가장 큰 기쁨이자 행복이다.

공무원의 연수를 활용하여 책 쓰기를 시작하라

책 쓰기를 시작하려면 언제가 좋을까? 당연히 즉시 시작하는 것이 이상적이다. 하지만 현직 공무원의 입장과 업무 여건을 고려하면 그렇게 간단하지는 않다. 그래서 평소에 책 쓰기를 구상하다가 적절한 시점을 선택하는 것이 좋은 방법일 수 있다.

공무원 연수제도가 그 시점 중의 하나다. 지방자치단체를 중심으로 이를 살펴보겠다. 연수는 크게 장기 교육훈련과 공로연수로 나뉜다. 장기 교육훈련은 6개월 이상 소요되는 교육과정으로, 6급 이상의 지방 공무원을 대상으로 한다. 공로연수는 정년퇴직 전 6개월 이내에 실시하는 연수이다.

장기 교육훈련

장기 교육훈련은 지방자치인재개발원과 통일교육원에서 운영하는 교육과정이 있다. 그리고 지방자치단체 6급 이하 공무원 장기 교육과정이 있는데, 이는 각 지방자치단체에서 실시하는 정예공무원양성과정으로 잘 알려져 있다. 교육 대상, 기간, 내용 등은 각각 다르지만, 이러한 교육을 통해 전문성을 향상시키고 폭넓은 시야를 갖출 수 있다.

지방자치인재개발원에서는 고위정책과정, 고급리더과정, 중견리더과정, 여성리더과정, 그리고 글로벌리더과정을 운영한다. 교육대상은 지방공무원 6급 이상이며, 교육 기간은 43주이다. 통일교육원에서는 통일정책 지도자과정과 통일미래기획과정을 운영한다. 교육대상은 지방공무원 5급 이상이며, 교육 기간은 6개월이다.

장기 교육훈련 중에서도 지방자치단체 6급 이하 공무원 장기 교육과정이 가장 선호하는 제도이다. 이는 시도 교육원과 민간 위탁으로 나뉜다. 대상은 지방공무원 6급 이하로 만 53세 이하이며, 교육 기간은 1년 이내이다. 교육은 지방자치단체에서 자율적으로 운영되며, 조직과 인력 운영, 재정여건 등에 따라 유연하게 조절된다. 교육 인원은 시·도지사 및 시·도의회 의장이 결정한다.

나는 공직생활을 하면서 공무원들이 연수제도를 활용해 약 1년 정도 개인 시간을 갖는 모습을 보며 부러움을 느꼈다. 여러 직업을 경험하면서 이러한 혜택을 얻기가 쉽지 않다는 것을 알고 있다. 업무에서 벗어나 자기 성장에 투자하는 시간은 직장 생활에서 쉽게 얻을 수 없는 소중한 경험이다. 연수를 책 쓰기와 병행하는 계획을 세운다면 업무능력 향상뿐만 아니라 개인의 성장을 이룰 수 있는 매우 효과적인 전략이 될 것이다.

공로연수

장기 교육훈련은 대상자가 매우 제한적이라는 단점이 있다. 책 쓰기와 같은 명확한 목표가 있더라도 교육 대상자로 선정되기가 어렵다. 반면, 공로연수는 그 폭이 훨씬 넓다. 퇴직을 앞둔 공무원들에게는 공로연수가 유용하다.

공로연수는 정년퇴직 예정자의 사회적응 준비를 위해 필요한 경우 공로연수계획을 수립·시행할 수 있도록 하는 제도이다. 이는 20년 이상 근속한 경력직 지방공무원 중 정년퇴직 예정일 전 6개월 이내인 자를 대상으로 한다.

공로연수의 가장 큰 장점은 보수 전액을 지급한다는 점이다. 또한, 사무실 배치 등 연수자에 대한 세심한 배려가 이루어지며, 합동 연수, 대학 및 평생교육원 교육 이수 비용, 자격증 취득을 위한 학원·교재비 등의 소요 경비도 지원받을 수 있다. 이밖에 교육훈련기관을 통해 연수대상자가 희망하는 유형별(재취업, 창업, 사회공헌 등) 진로탐색 기회를 제공받아 실질적 노후생활 설계도 지원받을 수 있다.

이처럼, 공무원들에게 공로연수는 공직생활을 마감하면서 책 쓰기를 통해 업무의 과정을 기록하고 성찰하는 소중한 시간으로 활용할 수 있다. 또한, 공무원만이 가지는 고유한 기회를 활용하여 퇴직 후를 대비한 공직생활의 유종의 미를 거두는 시간으로 만들 수 있다.

지방공무원 연수제도

방법 1		방법 2
장기교육훈련		공로연수
지방자치인재개발원 등에서 운영하는 장기교육과정	지방자치단체 6급 이하 공무원 장기교육과정	
[지방자치인재개발원 운영] - 고위정책과정 - 고급리더과정 - 중견리더과정 - 여성리더과정 - 글로벌리더과정 [통일교육원 운영] - 통일정책지도자과정 - 통일미래기획과정	시 · 도 교육원 민간 위탁	20년 이상 근속한 공무원 중 정년퇴직일 전 6개월 이내인 자
지방공무원 6급 이상 대상 43주 기간 (단, 통일미래기획과정 6개월)	지방공무원 6급 이하 대상 1년 이내 기간	

※ 출처 : 지방공무원 교육훈련 운영지침, 지방공무원 인사 분야 통합지침

휴직과 책 쓰기, 어떻게 병행할까?

공무원의 휴직제도는 연수제도와 더불어 책 쓰기 도전에 활용하기가 좋다. 공무원의 휴직제도는 다른 직업군과 비교했을 때 상당히 큰 혜택을 제공한다. 현재 사회적 분위기가 근로 복지를 강화하는 방향으로 나아가고 있지만, 여전히 공무원의 휴직제도는 그 어떤 직업과도 비교해도 큰 장점을 지니고 있다.

공무원 휴직제도의 주요 특징 중 하나는 조직 내에서 비교적 자유롭게 인정되는 분위기가 형성되어 있다는 점이다. 그러나 이 제도를 운영하는

데 있어 어려움이 없는 것은 아니다. 최근에는 육아휴직으로 인해 일부 부서에서 업무 누수 문제가 발생하고 있다. 특히 기피 부서에 인사 발령이 났을 때, 육아휴직을 선택하여 업무에 지장을 초래하는 경우가 종종 발생한다.

이에 지방자치단체들은 육아휴직으로 발생하는 문제를 최소화하기 위해 몇 가지 고육지책을 도입하고 있다. 대표적으로 육아휴직 후에 해당 공무원을 예전 근무했던 부서로 다시 발령을 내는 조치가 있다. 그러나 이러한 방식도 모든 문제를 완전히 해결해주지는 못하며, 육아휴직으로 인한 어려움은 당분간 계속될 것으로 보인다. 그럼에도 공무원의 휴직제도는 복지 차원에서 매우 긍정적으로 평가받고 있다.

질병휴직

지방자치단체에서 가장 많이 활용되는 휴직 제도는 질병휴직과 육아휴직이 있다. 먼저, 질병휴직은 신체 또는 정신적인 장애로 장기 요양이 필요한 경우에 적용된다. 이 휴직 기간은 1년 이내로 하되, 부득이한 경우 1년의 범위에서 연장할 수 있다. 보수 지급은 1년 이내는 봉급의 70%, 1년 초과 시에는 50%로 조절된다. 진단서 또는 휴직 사유를 증빙할 수 있는 자료가 필요하며, 휴직 기간은 요양이 필요한 기간이나 실제로 필요한 기간을 고려하여 결정된다. 휴직 횟수에는 제한이 없지만 같은 질병으로 인한 휴직은 2년을 초과할 수 없다.

질병휴직은 신체적 또는 정신적 이유로 업무를 수행할 수 없는 상태일 때 제공되는 제도이다. 실제로 질병휴직은 일반적으로 사용되는 휴직이다. 심각한 질병이 아니더라도 진단서를 발급받는 것은 어렵지 않기 때문에 자신의 상태를 고려하여 얼마든지 활용할 수 있다. 물론 이를 악용하는 경우는 안 된다는 점도 강조하고 싶다.

질병휴직으로 확보한 시간을 건강 회복과 함께 개인적인 시간으로 적극 활용할 수 있다. 이를 책 쓰기로 연결한다면 자기 치유와 성장을 위한 효과적인 방법이 될 수 있다. 지난 일들을 돌아보고 새로운 목표를 설정할 수 있는 시간으로 만들 수 있기 때문이다. 이처럼, 질병휴직 동안의 소중한 시간을 개인 성장에 어떻게 기여할지를 충분히 고민할 필요가 있다.

육아휴직

다음은 가장 많이 사용되는 육아휴직에 대해 알아보겠다. 육아휴직의 대상은 만 8세 이하 또는 초등학교 2학년 이하의 자녀를 양육하거나 여성 공무원이 임신 또는 출산한 경우에 해당한다. 육아휴직 대상 자녀는 만 9세 생일 전이나 초등학교 3학년 전까지이며, 휴직 기간은 자녀 1명당 최대 3년이다. 부부가 공무원일 경우 각각 사용이 가능하며, 동시 사용도 허용된다. 보수지급은 초기 3개월 동안 80%로 상한은 150만 원, 하한은 70만 원이다. 그 이후 4개월 동안은 50%로 상한은 120만 원, 하한은 70만 원으로 조정된다.

육아휴직은 휴직 중 보수가 감소하는 문제가 있지만, 자녀 출생 시 거의 모든 공무원이 자유롭게 활용할 수 있는 제도이다. 특히, 다른 직업에 비해 공무원의 육아휴직 제도는 효과적으로 운영되어 많은 공무원이 적극적으로 활용하고 있다.

육아휴직을 통한 시간 활용은 매우 의미 있는 경험이 될 수 있다. 자녀를 돌보기 위해 꼭 필요한 제도 중 하나인 육아휴직은 자녀를 돌보면서 동시에 자신의 성장을 이룰 수 있는 기회이다. 육아휴직 동안 자녀와 함께 지낼 소중한 순간들은 업무에서 벗어나 창의적인 아이디어를 얻고 새로운 관점을 개발하는 데에 도움이 될 수 있다.

연수 및 휴직제도의 활용

공무원의 연수 및 휴직제도는 상황과 나이에 따라 제한적일 수 있다. 하지만, 자신에게 적용된다면, 본래 취지에 맞게 사용하면서 개인 시간을 확보하여 책 쓰기와 같은 창의적인 활동에 집중할 수 있다. 중요한 것은 이 기간을 얼마나 가치 있게 보내느냐에 달려 있다.

공무원 작가 중에서도 휴직 기간을 활용하여 책을 쓴 이지영 작가의《서른의 휴직》은 주목할 만한 작품이다. 이 책은 작가가 직장 생활 8년 차에 접어들 무렵, 퇴사는 어렵지만 쉼표가 필요하다고 느껴 선택한 6개월 간의 휴직 경험을 담고 있다. 카카오 브런치에 연재되면서 추천 작품에 선정되었고, 100만 뷰를 기록할 정도로 많은 독자의 공감을 얻으면서 책으로 출간되었다.

특히, 서른 살이 되었던 해에 큰 결심으로 휴직하여 어학연수를 떠난 이지영 작가는 "어쩌면 내 인생에서 가장 가슴 뛰던 6개월이었다. 그곳에서 진짜 나를 마주했다. 그리고 앞으로 살아갈 힘과 방향을 찾을 수 있었다." 라고 회고한다. 이처럼 공무원의 휴직은 다른 직업보다 자유롭게 활용할 수 있는 제도이다. 이를 통해 책 쓰기에 집중한다면, 그만큼 유용하게 휴직을 보낼 수 있다.

또한, 2014년 남성 육아휴직이 흔하지 않았던 시기에 육아휴직을 경험하고 책을 출간한 윤기혁 작가가 있다. 그는 육아와 직장 생활의 조화를 고민한 흔적을 담아 《육아의 온도》라는 책을 출판했다. 1년간의 육아휴직을 통해 딸, 아빠, 엄마 모두 행복한 성장을 경험한 후 이전 업무로 복귀했다. (PART 1. 04 - '내가 만난 공무원 작가 이야기 2'에 수록)

결국, 공무원에게 연수든, 휴직이든 이를 자신의 성장에 어떻게 활용하느냐가 중요하다. 이는 분명 공무원에게 주어진 큰 혜택 중 하나이며, 그 시간을 적절히 활용하는 것은 당연하다. 오랜 업무에 대한 보상으로 주어진 이 시간을 자신의 성장에 도움이 될 수 있도록 노력한다면 그 기간은 더없이 값진 시간이 될 것이다.

책 쓰기는 이 시간들을 더 값지게 만드는 최고의 방법 중 하나이다. 주어진 시간을 통해 누군가는 한 걸음 더 나아가는 시간으로 삼을 것이며, 반대로 아무 목적 없이 보낼 것인지는 오로지 자신의 선택에 달린 것이다. 이 특별한 시간을 통해 스스로를 발전시키고, 끊임없이 성장하는 기회로 삼길 바란다.

책 쓰기에 활용 가능한 공무원의 휴직제도

구 분		질병휴직	육아휴직
사유		신체정신상의 장애로 장기요양을 요할 때	만 8세 이하(취학 중인 경우에는 초등학교 2학년 이하)의 자녀를 양육하기 위하여 필요하거나, 여성공무원이 임신 또는 출산하게 된 때(친생자, 양자 포함)
휴직기간		1년 이내로 하되, 부득이한 경우 1년의 범위에서 연장	한 아이당 3년 이내
보수지급		1년 이내 봉급 70% 1년 초과 봉급 50%	육아휴직 수당 - 3개월까지 80% 지급 (상한 150만 원~하한 70만 원) - 4개월 후 50% 지급 (상항 120만 원~하한 70만 원)
경력 인정	승진소요 최저연수	제외	첫째는 최초 1년(다만, 부부 각각 6개월 사용 시 전부, 둘째 자녀부터는 휴직기간 전부)
	경력 인정	제외	
	승급	제외	최초 1년(셋째 자녀부터는 휴직기간 전부)

※ 출처 : 지방공무원법 제63조, 제64조

내가 만난 예비 공무원 작가 이야기 3

- 33년 차 토목직 ○○○ 과장

"도로는 우리 생활에 도움을 주는 가장 중요한 복지입니다."

이 말은 아산시 도로 전문가로 알려진 한 공무원과의 대화에서 인상 깊게 들은 말이다. 그는 33년 공직생활 동안 도로 관련 업무를 담당하며 '도시의 지도를 바꾸는 사람'이라는 사명감을 가지고 일해 왔다고 했다. 현재 지방자치단체에서 도로 관련 주무과장으로 근무 중인 그의 말에는 자부심과 책임감이 가득 담겨 있었다.

그는 이어서 "도로는 산업단지보다 지역 발전에 훨씬 효과적입니다. 산업단지가 완성되려면 5년에서 8년 정도 걸리지만, 1km 거리의 2차선 도로는 2년 만에 가능합니다. 도로가 뚫리면 공장을 유치하고, 일자리가 창출되며 주거지와 상업 시설이 생기게 됩니다. 그래서 도로가 가장 중요한 복지라고 하는 것입니다."라고 말했다.

또한, "아산시에서 50년 이상 된 성매매 집창촌 '장미마을'을 어떻게 없앨 수 있었는지 아십니까?"라고 물었다. 이어 그는 "도로로 접근했기 때문에 가능했습니다. 도로 확장이라는 명분으로 사업을 계획하여 여러 어려움을 극복하고, 결국 청년과 여성을 중심으로 한 문화의 장으로 변모하게 된 것입니다."라며 사례를 제시했다.

그에게 그동안 도로 업무를 담당하면서 가장 기억에 남는 성과를 물었다. 그는 "지역의 20년 숙원이었던 '충무교 확장'입니다. 20년 동안 지역에서 다양한 노력을 기울였지만 이루지 못한 사업이라 보람이 더 컸습니다."라며 "성과를 낼 수 있었던 이유는 20년 동안 포기하지 않고 중앙부처에 지속적으로 요구하고 관계 공무원과의 긴밀한 관계를 유지한 덕분입니다."라고 강조했다. 그러면서 "남은 공직생활에서 하고 싶은 사업이 있다면, 아산 시내의 21호선 정체 해소를 위해 아산 좌부동에서 천안 목천으로 연결되는 외곽순환도로를 개설하는 것입니다."라고 밝혔다.

그는 공직생활 동안 적극적인 태도와 긍정적인 마인드를 가진 공무원으로 인식되었다. 상사들은 그의 뛰어난 역량과 어떤 일이든 한 번 시도해 보겠다는 의지를 높이 평가했다. 후배들에게는 성장을 돕는 모범적인 선배로 귀감이 되었다. 그는 공직생활 중 석사와 박사 학위를 취득하며 자기 계발에 힘썼고, 세련된 이미지로 자신을 브랜딩하는 데도 주의를 기울였다.

그에게 "많은 성과를 이루면서 박사 학위까지 취득하셨는데, 책 한 권 쓰시는 것은 어떠신가요?"라고 물었다. 그는 "책 쓰기는 한 번도 생각해 보지 않았습니다. 기회가 된다면 고민해 보겠습니다."라고 말했다. 이어 "저는 후배들의 업무 역량을 향상하는 데 힘쓰고 있습니다. 퇴직 후에도 이 일에 힘을 기울이고 싶습니다."라고 앞으로의 계획을 전했다.

또한, "지금도 토목직 후배들의 교육을 위해 선배들과 자발적으로 자금을 모아 매월 한 번씩 교육을 진행하고 있습니다. 이 교육은 후배들이 어떤 부서에 속하더라도 적응할 수 있도록 돕고, 민원 처리 능력을 높이는 데 중점을 두고 있습니다. 외부 강사 없이 자체적으로 실시한다는 점에서 의미가 있습니다."라고 설명했다.

그에게 가장 궁금한 점을 물었다. "공직생활 하면서 석사, 박사 학위를 취득하셨는데, 시간을 어떻게 활용하셨는지요?" 이 질문은 공무원들이 책 쓰기를 권유하면 시간이 부족하다는 대답이 많아 그의 답변이 궁금했다. 또한, 공무원으로서 연수나 휴직제도를 어떻게 활용하는지에 대해서도 알고 싶었다.

그는 "시간이 없다는 것은 핑계라고 생각합니다. 공무원에게는 다른 직업보다 훨씬 좋은 휴직제도가 있습니다. 연수나 파견 제도도 잘 활용하면 책 쓰기뿐만 아니라 무엇이든 할 수 있습니다."라며, "사무관 진급 후 1년 동안 중앙부처에 파견된 경험이 큰 도움이 되었습니다. 다양한 인맥을 형성하고, 이를 통해 시에서 사업을 접목하거나 중앙부처로부터 연락이 와서 공모사업에 참여하기도 했습니다."라고 말했다.

그는 "파견 기간 숙소에서 지내며 저녁에 시간이 많이 남아 책을 쓰거나, 독서나 운동 등을 통해 자신의 성장과 재충전에 시간을 사용할 수 있습니다."라고 강조했다. 또한, "파견 기간 중앙부처 시스템 개선 아이디어를 제공하여 업무 효율성에 기여한 공로로 '업무혁신 부문 대통령상'을 수상한 것을 가장 영광스럽게 생각합니다."라고 덧붙였다.

마지막으로, 그는 석사와 박사과정에 도전한 이유 중 하나가 약속을 줄이고 술을 안 마시기 위해서였다고 밝혔다. 그는 목표를 이루기 위해서는 혼자 있는 시간이 필요하다고 말했다. 그래서 공무원이 시간 부족을 이유로 못한다는 것은 핑계일 뿐이며, 원하는 것을 이루기 위한 혼자만의 시간이 얼마나 중요한지를 다시 한번 강조했다.

그와의 대화는 공무원의 업무에 국한되지 않았다. 우리의 일상에서 적용할 수 있는 다양한 삶의 지혜를 얻은 소중한 시간이었다. 앞으로 남은 공직생활과 퇴직 후 그의 여정이 더욱 풍요롭고 빛나기를 기대해 본다.

04

나에게 맞는
루틴 만들기

'지치지 않고 성공을 반복하는 사람들에겐 루틴이 있다'

이 말은 《루틴의 힘》이라는 책에 나오는 표현이다. 어도비의 크리에이티브 프로젝트 '99U'에서 발간한 이 책은 댄 애리얼리, 세스 고딘, 그레첸 루빈, 칼 뉴포트 등 세계적인 아웃라이어 20인의 성공 습관과 루틴 철학을 모아 성공과 루틴의 상관관계를 탐구한다.

이 책은 루틴이 성공에 어떤 역할을 하는지, 소소한 루틴이 어떻게 큰 성과로 이어지는지를 보여준다. 성공은 거창한 것이 아닌, 하루하루 반복되는 소소한 루틴의 힘에서 나온다고 설명한다. 작은 습관이 큰 성과를 만드는 근본적인 이유를 제시하며, 성공을 위한 루틴의 중요성을 강조한다.

루틴은 습관으로 이어질 수 있다. 윌리엄 제임스의 유명한 명언처럼, 생

각이 바뀌면 행동이 바뀌고, 행동이 바뀌면 습관이 바뀐다. 습관이 바뀌면 인생도 달라진다. 작은 습관들이 모여 엄청난 힘으로 전환되어 성공의 길을 연다.

책 쓰기에도 루틴은 필수적이다. 책을 쓴다고 해서 당장의 큰 결과물을 얻기는 어렵지만, 꾸준하고 효과적인 루틴이 성공을 이끌어낸다. 작은 성취들이 모여 큰 결과로 이어지듯이, 책 쓰기에도 작은 루틴들이 큰 성과를 이룰 것이다.

책 쓰기에도 나에게 맞는 루틴이 필요하다

이제 책 쓰기에 필요한 루틴을 알아보겠다. 공무원이 참조하면 도움이 되는 여섯 가지 책 쓰기 루틴을 살펴보겠다.

첫째, 목표 분량의 글쓰기에 매진하라. 책 쓰기는 글쓰기에 대한 열정을 전제로 한다. 매일 일정 분량의 글쓰기를 위한 루틴이 필요하다. 이를 위해 자신의 목표, 글쓰기 실력, 주변 상황 등을 고려해야 한다. 생각이 떠오를 때 글을 쓰는 것이 아니라, 꾸준하고 일정한 주기로 글을 쓰는 것이 중요하다. 이러한 방식으로 글쓰기 습관을 유지하면 자신만의 루틴을 구축할 수 있다.

1년 동안 주당 A4지 2~3페이지 정도의 분량의 글을 쓰는 목표를 세울 수 있다. 이는 글쓰기에 대한 긴장감을 유지하기 위한 좋은 방법이다. 공무원이 본업이 있다고 해도, 이처럼 목표를 설정하고 일정한 시간을 투자해 글쓰기를 이어나가야 한다. 이런 습관이 결국 목표 달성을 가능하게 한다.

둘째, 자신의 글을 저축하듯 기록하라. 단순히 컴퓨터에 글을 저장하는 대신, 다른 사람들에게도 알릴 수 있는 플랫폼에 기록하는 것이 중요하다. 개인 컴퓨터에 저장된 글은 자기만족에 그칠 때가 많다. 그러나 블로그나 브런치에 글을 올리면 책임감이 생기고, 세상과 소통하는 의미 있는 경험이 된다.

책 쓰기를 목표로 한 글은 일기처럼 개인적인 공간에만 두지 말고, 다른 사람들과 공유함으로써 더 큰 가치를 창출할 수 있다. 다른 사람들의 평가를 통해 글을 발전시키고 새로운 시각을 얻을 수 있다. 이는 글의 완성도를 높이는 데 도움이 된다.

처음에는 블로그에 글을 올리고, 글의 완성도가 높아지면 브런치에 도전하는 것도 좋다. 또한, 블로그나 브런치에 글을 올리는 것은 출간기획서를 작성하고 출판사에 투고할 때 중요한 지표가 될 수 있다. 작가로서 자신의 글을 블로그에도 올리지 않는 것은 출판사의 입장에서 기본이 부족하다고 볼 수 있다. 따라서 아직 개인 블로그를 운영하지 않는다면, 지금 당장 개설하는 것이 좋다.

셋째, 나만의 독특한 콘셉트를 정하라. 꾸준한 글쓰기와 블로그 활동으로 많은 글을 쌓아왔다면, 이제는 책 쓰기를 위한 차별화된 콘셉트를 찾는 것이 중요하다. 다양한 주제와 시각에서 글을 써왔다면, 자연스럽게 책 쓰기로 연결하고 싶은 욕구가 생긴다. 이는 자신만의 콘셉트를 찾는 과정으로 이어진다.

가장 쉬운 방법은 이미 써 온 글에서 콘셉트를 찾는 것이다. 쌓아 놓은 글 속에서 다양하고 특별한 콘셉트를 발견할 수 있다. 또한, 현재 삶 속에서의 경험과 감정도 도움이 된다. 이러한 과정을 통해 나만의 시선과 주제를 찾아내고, 책 쓰기에 적합한 콘셉트를 2~3개 정하면 된다. 이는 독자들에게 전하고 싶은 유일무이한 이야기를 찾는 첫걸음이 될 것이다.

넷째, 같은 주제의 책을 10권 정도 읽어라. 저자 자청은 《역행자》에서 "모르는 분야에 들어갈 때 책을 20권쯤 읽으면 남들보다 훨씬 빨리 목표에 도달할 수 있다는 확신이 있다."라고 말한다. 이는 주제에 대해 다양한 시각과 접근 방식을 이해하는 데 유용하다. 같은 주제를 다룬 책들을 읽음으로써 다양한 관점을 이해하고 풍부한 정보를 얻을 수 있다. 이를 통해 자신의 지식을 확장하고 깊은 통찰력을 키우게 된다.

특정 주제나 분야의 책을 테마별로 묶어 읽는 것은 효과적인 전략이다. 한 분야의 책을 10권 정도 읽으면 그 분야의 지식이 상당히 풍부해진다. 또한, 독자들이 어떤 유형의 콘텐츠를 선호하는지 파악해 책의 방향성을 명확히 설정하는 데 도움이 된다. 다양한 저자들의 시각을 접하면서 자신만의 독특한 시각을 찾는 데 기여할 것이다. 이를 통해 나만의 독자층을 파악하고, 독자들이 더 큰 가치를 느낄 수 있는 책을 완성할 수 있을 것이다.

다섯째, 참조할 만한 도서 3권을 선정하라. 처음 책을 쓸 때 감이 잡히지 않는 것은 자연스러운 현상이다. 이럴 때 참조할 만한 도서 3권을 선정하는 것이 효과적이다. 이 도서들은 반드시 같은 콘셉트일 필요는 없다. 주제는 다르더라도 제목, 부제, 목차, 형식 등이 비슷하다면 얼마든지 참고할 수 있다.

유사한 주제나 형식의 책을 선정해 참고하면 아이디어를 발전시키는 데 도움이 된다. 또한, 책의 구성과 내용을 더욱 객관적으로 평가할 수 있다. 이는 책 쓰기 과정에서 방향성을 재확인하고 필요한 부분을 보완하는 데 크게 기여한다.

출간기획서를 작성할 때 비교 도서를 제시하는 것은 중요하다. 출판사는 자사의 책이 시장에서 어떤 위치를 차지할지 파악하기 위해 비교 도서를 검토한다. 따라서 비슷한 주제나 형식을 가진 도서를 선정해 출간기획서에 포함시키는 것은 출판사에게 선택받기에 유리하며, 독자들에게 책을 홍보하는 데에도 도움이 된다.

마지막으로, 제목, 목차, 서문을 쓰면서 계속 업그레이드하라. 제목과 부제는 책을 소개하는 데 매우 중요한 역할을 한다. 독자의 눈길을 끌고 책의 핵심을 간결하고 명확하게 전달해야 한다. 따라서 여러 번 수정하고 주변 의견을 듣는 것이 필요하다. 또한, 목차와 서문을 작성하는 과정에서도 계속 업그레이드하며 책의 내용과 구조를 더욱 탄탄히 다져야 한다.

그중에서도 제목은 특히 중요하다. 제목이 책의 모든 것을 결정한다고 해도 과언이 아니다. 이것이 제목을 정할 때 가장 신경 써야 할 이유이기도 하다. 부제는 책의 핵심 내용을 간결하게 요약하여 독자에게 전달함으로써, 제목과 함께 구매 결정을 돕는다. 제목이 감성적이고 은유적인 표현이라면, 부제는 이성적인 측면을 강조한다.

목차는 독자가 책의 구성과 내용을 미리 파악할 수 있게 한다. 잘 설계된 목차는 독자의 호기심을 자극한다. 책을 건물로 비유하면, 목차는 그 건물의 설계도와 같다. 서문은 독자에게 책의 주요 내용을 소개하고, 저자의 의도와 목적을 설명한다. 서문을 작성하는 과정에서 저자는 책의 핵심 메시지를 명확히 이해하고 전달해야 한다. 또한, 서문은 독자들에게 흥미로운 책을 읽게 될 것임을 제시하여 관심을 유도한다.

이처럼 제목, 부제, 목차, 서문은 출간기획서뿐만 아니라 책 자체를 완성하는 데 중요한 요소로 작용한다. 이를 지속적으로 업그레이드하는 것은 책을 쓰는 데 있어서 기초를 다지는 데 필수적인 과정이다.

이렇게 소중한 시간을 들여 쓴 글은 한 권의 책으로 태어난다. 지금 이 순간 쓴 글이 모여 나의 멋진 책이 된다. 그리고 미래의 독자와의 만난다. 이런 설렘을 기대한다면, 오늘 하루 나만의 루틴을 만들어가며 여섯 가지 과정을 차근차근 이루어 나가보자. 이러한 끈기 있는 노력이 작가로서 미래의 큰 성취로 이어질 것이다.

공무원이 참조하면 도움이 되는 여섯 가지 책 쓰기 루틴

단계	방 법	세부사항
1단계	목표 분량의 글쓰기에 매진하라	1년 정도의 목표를 가지고, A4지 2~3페이지 분량의 글을 매주 작성
2단계	자신의 글을 저축하듯 기록하라	블로그에 글을 올리고, 글의 완성도가 높아지면 브런치에 도전
3단계	같은 주제의 책을 10권 정도 읽어라	한 분야의 책을 10권 정도 읽는 독서 습관을 기를 필요가 있음.
4단계	나만의 독특한 컨셉을 정하라	이미 써 온 글이나, 현재 삶 속에서의 책 쓰기에 적합한 컨셉을 2~3개 정함
5단계	참조할 만한 도서 3권을 선정하라	참조할 만한 도서를 3권 정도 선정함
6단계	제목, 목차, 서문을 쓰면서 계속 업그레이드하라	제목, 부제, 목차, 서문을 업그레이드하여 출간기획서 작성의 기초를 다지도록 함

05

다양한 기록 방법과
습관 형성하기

기록은 추억을 남기는 일이다. 기억을 회상하려면 기록이 필요하다. 사소한 일상이든 중요한 순간이든 기록이 중요한 이유다. 일상의 작은 기록은 아름다운 추억을 담아낸다. 가슴 떨리는 중요한 순간은 오랜 기억으로 저장된다. 추억은 현재 기억나는 만큼만 누릴 수 있다. 기록이 없다면 회상할 수 있는 범위는 작을 수밖에 없다. 그래서 우리는 사진이나 영상을 통해 순간을 간직하고, 추억의 모습을 보며 기쁨을 느낀다.

메모는 영감을 불러오는 중요한 습관이다. 누구나 쉽게 할 수 있는 것이 장점이다. 메모를 잘하면 성공할 수 있다는 사실도 안다. 다만, 습관이 되어 있지 않을 뿐이다. 별거 아닌 사소한 자료가 차별성을 만든다. 때로는 그것이 엄청난 결과를 만들어 낸다. 결국 메모의 힘은 기록이 갖는 영향력 때문이다.

기록은 현재의 순간을 소중하게 간직하기 위한 노력이다. 이를 통해 우리는 많은 사람에게 가치 있는 메시지를 전하며, 기록된 순간이 특별한 의미가 있음을 알린다. 이러한 목적을 이루기 위한 효과적인 수단이 책 쓰기다. 책을 통한 기록은 많은 이들에게 오랜 시간 기억으로 남게 한다.

기록은 다양하게 이루어진다

기록은 다양한 형태로 나타난다. 중요한 문서부터 사소한 메모까지 모든 기록은 의미를 지닌다. 하찮아 보이는 메모 하나가 역사를 바꾸거나 한 사람의 운명을 결정한다. 그 작은 메모가 미래를 예측하는 도구가 되기도 한다.

기록은 다양한 형태로 이루어지며, 형식에는 제약이 없다. 공식적인 기록뿐만 아니라, 스마트폰에 녹음하거나 카카오톡에 메모를 남기기도 한다. 시대에 따라 사용되는 수단은 달라진다. 중요한 것은 그것을 어떻게 활용하느냐다. 기록의 영향력은 어떤 가치를 부여하느냐에 따라 달라진다.

공무원이 책을 쓰는 데 도움이 되는 기록은 다양하다. 주제나 목적에 따라 종류와 쓰임새가 달라진다. 처음부터 책을 쓰기 위한 기록을 시작하는 것은 쉽지 않다. 그래서 특별한 내용보다 자신의 일상 생활과 업무 경험을 꾸준히 기록하는 것이 좋다. 이러한 기록은 책 쓰기에 필요한 아이디어와 소재를 찾는 데 효과적이다.

이런 관점을 바탕으로 네 가지 유용한 기록 방법을 살펴보겠다. 첫 번째는 일상생활 기록이다. 이는 공무원이 책을 쓰는 데 있어 중요한 출발점이다. 일상에서 겪는 독특한 에피소드, 공직생활에 관한 단상, 특별하게 느껴지는 경험 등을 기록하는 것이다. 이러한 내용은 독자들에게 공감을 이끌어내고, 새로운 시각을 제공할 수 있다. 또한, 현실 속 평범한 일들이 흥미로운 이야기가 되어 전달된다.

한 직장에서 오랜 시간을 보내는 직업의 특성상, 나이, 계절, 날씨 등에 따른 감정을 일기 형식으로 기록하는 것도 좋은 방법이다. 워킹맘, 맞벌이 부부, 기러기 아빠 등 다양한 현실 속 애환은 독자들에게 공감을 얻을 수 있는 소재다. 부서 이동 시 변화하는 환경, 맞이하는 낯설음, 동료와의 관계 형성 과정 등도 공감가는 내용이다.

두 번째는 자기계발 기록이다. 이는 자신의 성장을 위한 중요한 도구로 활용된다. 공무원의 책 쓰기에서 자기계발은 필수적이다. 업무 다양성에 대비하고 전문성을 키우기 위해 지속적인 학습과 개발이 필요하다. 읽은 책, 참여한 교육, 시도한 프로젝트 등을 기록하여 전문성을 높일 수 있다. 이러한 기록은 성장 과정을 체계적으로 추적하여 더 나은 방향으로 이끌어 준다.

공무원은 다양한 교육과 연수를 경험한다. 업무 중 세미나와 간담회에 참여한다. 이러한 활동에서 얻은 새로운 정보를 기록하고 세부적인 기술과 방법을 정리하면 다양하게 활용할 수 있다. 어려운 업무에 도전하고 난관을 극복하는 과정은 책을 통해 독자에게 동기부여로 작용한다.

세 번째는 업무일지 기록이다. 이는 공무원의 업무 능력 향상과 자기 발전을 위한 중요한 자료로 활용된다. 업무 변화에 대응하기 위해 개발한 절차와 방식, 업무 수행 중 겪은 어려움, 문제 해결 과정, 새로 습득한 기술과 지식 등을 기록하는 것이다. 이 기록은 매너리즘에 빠질 때 당시의 사명감과 목표 의식을 되새기게 하여 다시금 자세를 가다듬게 한다.

이것이 책 쓰기로 이어질 경우, 변화에 대한 유연성과 업무 효율성 향상에 도움이 된다. 이는 공무원 후배뿐만 아니라 여러 사람에게 노하우를 제공할 수 있다. 다만, 공직자로서 기록된 내용은 보안에 문제가 없는 범위에서 기록하고 공개되어야 함은 아무리 강조해도 지나치지 않다.

네 번째는 상담일지 기록이다. 이는 민원인과의 상담을 기록하는 것이다. 민원인을 상대하면서 겪은 다양한 일들을 기록하면, 책으로 연결된다는 생각으로 그들을 새로운 관점에서 대할 수 있다. 특히, 상담 중 관찰한 사람들의 감정, 들은 이야기, 그리고 논의 결정 사항 등을 기록하여 향후 상담에 참고하는 것도 좋은 방법이다.

민원인과의 소통을 기록하는 것은 공무원의 보람과 애환을 이해하게 된다. 또한, 인간적인 면모를 담아내어 독자들과의 연결을 깊게 한다. 더불어, 민원인을 대할 때 적용할 수 있는 지혜를 제공하여 갈등이 아닌, 협력의 관계로 나아가도록 돕는다. 이를 통해 공무원이 원활한 사회적 소통을 위해 노력하는 모습을 보여줄 수 있다.

기록을 위한 습관 형성하기

이제 기록을 위한 습관 형성에 필요한 세 가지 단계를 알아보겠다. 먼저, 떠오른 아이디어를 즉시 기록하라. 중요한 정보를 듣거나 창의적인 생각이 떠오를 때 즉시 기록하는 습관을 가져야 한다. 아무리 좋은 아이디어라도 기록하지 않으면 잊혀질 수 있음을 명심해야 한다.

떠오른 아이디어가 사라지지 않고 글쓰기로 연결될 수 있는 시스템을 마련하는 것이 중요하다. 이를 위해 회의 중, 운동 중, 운전 중에 떠오른 아이디어를 스마트폰 메모 앱이나 카카오톡에 간단히 기록하거나 음성 녹음을 하는 방법이 있다. 이렇게 하면 나중에 아이디어를 놓치지 않고 필요할 때 언제든 활용 가능하다.

다음은, 기록을 위한 나만의 시스템을 구축하라. 각자의 생활 방식과 선호하는 도구를 고려하여 효율적인 기록 방식을 만들어야 한다. 수첩, 디지털 노트, 앱 등을 활용하여 나만의 시스템을 구축하면 언제 어디서든 손쉽게 정보를 기록할 수 있게 된다.

개인의 선호도에 따라 다양한 시스템을 도입할 수 있다. 직접 쓰는 것을 좋아하는 사람은 수첩이나 노트를, 디지털 환경을 선호하는 사람은 자신에게 맞는 앱을 활용하여 아이디어를 정리해 보자.

마지막으로, 기록한 아이디어를 즉시 글로 옮겨라. 떠오른 아이디어를 기록했다면, 이를 즉시 글로 옮겨야 한다. 이렇게 하면 기록한 내용뿐만 아니라 당시의 감정과 맥락을 함께 상기할 수 있다.

아이디어를 컴퓨터나 노트북에 저장하고, 블로그나 온라인 플랫폼에 공유하는 것도 좋다. 이는 책을 완성하는 데 기반이 된다. 이러한 다양한 기록의 방식을 통해 지속적으로 글을 쓰며 책을 완성해 나가자.

기록이 모이면 책이 된다

기록이 모인다고 무조건 책이 되는 것은 아니다. 하지만 기록은 책 쓰기에 필수적이며 중요한 자료로 활용된다. 따라서 다양한 기록을 축적할 수 있는 시스템을 구축하는 것이 중요하다.

그러면, 기록이 모이면 어떻게 책이 될까? 기록을 모아 한 권의 책으로 만드는 방법은 무엇일까? 기록을 책으로 연결하는 데 조심할 것은 무엇이 있을까? 이런 여러 궁금증이 생길 수 있다.

기록은 단편적이거나 흩어져 있어서 단순히 책을 이루기에는 불충분하다. 풍부한 내용을 조합하고 연결하는 과정이 필요하다. 기록에 흥미로운 사례나 예시를 추가하면 독자들의 이해를 도울 수 있다.

일관된 주제로 기록을 모으는 것도 중요하다. 무작정 기록하기보다 기준을 가지고 기록하는 것이 요구된다. 기록들이 일관성 있게 구성되어야 책의 흐름도 자연스럽고 이해하기 쉽다. 따라서 자신의 관심 분야나 책의 콘셉트에 부합하는 내용을 중심으로 기록해야 한다.

기록을 모으면서 필요한 정보를 보충하고 수정 작업을 해야 한다. 이는 기록의 완성도를 높이고, 독자가 명확하게 이해할 수 있게 한다. 또한, 기록의 정확도를 높여 신뢰도를 유지하는 것도 중요하다. 오류가 발견되면 독자들은 다른 정보도 의심하게 되므로, 철저한 검증이 필수적이다.

기록은 종종 글의 이해도를 높이기 위한 보조 역할로 사용된다. 책을 구성할 때 기록을 첨가하면 글의 완성도를 높이고, 독자들에게 다양한 시각과 정보를 제공할 수 있다. 이는 글의 다양성을 높여 단조로움과 지루함을 줄이고, 독자들에게 더 흥미로운 내용을 제공한다.

기록을 조합할 때는 책의 구조화가 필요하다. 목차는 책의 구조를 나타내는 중요한 요소다. 기록도 순서를 가지고 자연스러운 내용의 흐름을 유지해야 한다. 시각적인 면을 고려하여 기록의 스타일을 통일시켜 독자에게 일관성 있는 느낌을 전달해야 한다.

결론적으로, 기록이 모여 책이 되기 위해서는 주제 선정, 정보 보충·수정, 글의 이해도를 높이는 보조 역할, 그리고 책의 구조화 등 다양한 작업이 필요하다. 정리된 기록들이 조합되어 완성도 높은 책으로 탄생하면, 자신만의 독특한 이야기를 다양한 독자들과 나누는 소중한 기회가 열린다. 각 페이지는 경험과 지식으로 가득차며, 독자들과의 소통의 장이 마련될 것이다.

공무원이 다양한 기록으로 자료를 축적하는 방법

구 분	내 용	세부사항
공무원이 책 쓰기에 도움이 되는 네 가지 유용한 기록 방법	일상생활 기록	- 일상에서 겪는 독특한 에피소드 - 공직생활에 관한 단상 - 특별하게 느껴지는 경험 - 워킹맘, 맞벌이 부부, 기러기 아빠의 애환 - 부서 이동 시 환경 변화, 낯설음, 동료와의 관계 형성
	자기계발 기록	- 읽은 책 - 참여한 교육 - 시도해 본 프로젝트 - 세미나 및 간담회 - 활동에서 얻은 새로운 정보 - 세부적인 기술과 방법 - 어려운 업무 도전 및 난관 극복 과정
	업무일지 기록	- 업무 변화 대응을 위해 개발한 절차와 방식 - 업무 수행 중 겪은 어려움 - 문제 해결 과정 - 새로 습득한 기술과 지식
	상당일지 기록	- 민원인과의 상담 중 관찰한 감정 - 들은 이야기 - 논의 결정 사항
공무원의 기록을 위한 습관 형성에 필요한 세 가지 단계	떠오른 아이디어를 바로 기록하라	- 회의 중, 운동 중, 운전 중 떠오른 아이디어를 스마트폰 메모 앱이나 카카오톡에 기록하거나 음성 녹음
	기록을 위한 나만의 시스템을 마련하라	- 수첩, 디지털 노트, 앱 등을 활용하여 나만의 시스템 구축
	기록한 아이디어는 즉시 글로 옮겨라	- 아이디어를 컴퓨터나 노트북에 저장하고, 블로그나 온라인 플랫폼에 공유

06

책 쓰기에 필요한
효과적인 독서 습관

독서는 책 쓰기의 핵심 기반이자 글쓰기 능력을 키우기 위한 필수 활동이다. 독서를 통해 얻은 다양한 지식과 정보는 자신의 주장과 견해를 전개하는 데 중요한 역할을 한다. 독서는 작가의 창의성과 통찰력을 높이는 데 필수적이다.

독서로 얻은 지식과 철학은 작가의 경험과 결합되어 새로운 시각과 관점을 형성한다. 독자에게 수준 높은 내용을 제시하려면 다양한 지식과 정보를 탐구해야 한다. 이것이 작가가 독서에 전념해야 하는 이유다.

우리나라의 독서량은 매우 부족하다. 최근 통계에 따르면, 미국, 일본, 프랑스 등과 비교해 국민의 독서량은 여전히 낮은 수준을 유지하고 있다. 특히 학생들의 독서량이 다른 국가에 비해 부족한 것으로 나타난다. 이는 디지털 환경만으로 치부할 수 없는 교육 차원에서 해결해야 할 중요한 문제다.

작가가 되려고 한다면 독서를 게을리하지 말아야 한다. 독서량이 부족한 현실을 탓할 수 없다. 책 쓰기와 마찬가지로 독서도 목표가 없으면 스마트폰이나 인터넷의 유혹에 빠지기 쉽다. 독서는 습관이 필요하며, 자신만의 독서 시스템을 구축해야 한다. 따라서 독서 목표를 세우고 이를 실천하려는 노력이 필요하다.

효과적인 두 가지 독서 습관

책 쓰기를 목표로 하는 공무원을 위해 효과적인 두 가지 독서 습관을 제안한다. 공무원의 직업적 특성에 맞춘 방식으로, '주 2권 독서 습관 만들기'와 '테마 독서법'을 소개하겠다.

첫째, '주 2권 독서 습관 만들기'이다. 1년에 100권의 독서를 목표로 한다. 이는 큰 도전처럼 느껴질지도 모른다. 숫자가 주는 압박감 때문에 시도조차 어려울 수 있다. 따라서 책 쓰기와 마찬가지로 매주 꾸준히 독서를 이어가는 습관을 만드는 것이 중요하다.

이 방법은 주중과 주말로 나누어 각각 책 한 권을 읽는 것이다. 공무원의 직업적 특성을 고려할 때 실천 가능한 독서량이다. 독서 능력에 따라 자신에게 맞는 책을 선택하는 것이 좋다. 처음에는 쉬운 도서부터 시작하는 것이 습관 형성에 도움이 된다. 주 2권을 읽는 습관이 만들어지면 독서 근육이 생겨 멈추기 어려울 정도가 된다.

 빠르게 글을 읽는 독서 습관이 중요하다. 너무 정독해서 읽으면 책 한 권이 부담스러워진다. 책을 오래 들고 조금씩 읽다가 결국은 포기한 경험이 누구에게나 있다. 독서는 성취감을 주는 활동이다. 독서를 시작하면 중간까지가 어렵지만, 중간만 넘어가면 쉬워진다. 이는 책 한 권을 완독했다는 성취감과 관련이 있다. 따라서 책을 빠르게 읽는 습관을 기르는 노력이 필요하다.

 이를 위해 책에서 오래 기억될 만한 한 문장을 찾는다는 생각으로 빠르게 읽는 것이다. 마치 스마트폰에서 글이나 기사를 쭉 읽어나가듯이 말이다. 좋은 문장을 찾으면 정독하고, 밑줄을 친 후 나중에 필사하거나 블로그에 기록한다. 그것이 어렵다면 나중에 밑줄 친 부분만이라도 다시 읽을 수 있게 한다.

 독서 습관 형성에 중요한 것은 책 쓰기와 마찬가지로 독서에 집중하는 것이다. 사적인 모임을 줄이고, 가능한 많은 시간을 독서에 할당해야 한다. 1주일에 2권, 1년 동안 100권의 책을 읽는 것은 쉬운 일이 아니다. 어렵다면 1주에 한 권이라도 좋다. 중요한 것은 멈추지 않고 지속하는 독서 습관이다.

 다시 강조하지만, 생각날 때만 책을 읽는 것이 아니라 목표를 가지고 독서를 해야 한다. 1년이면 100권, 3년이면 300권을 읽는 것이다. 일정 기간 집중적인 독서는 눈에 띄는 성장을 이룬다. 단기간에 자신을 바꾸는 특별한 경험은 인생의 전환점을 이루는 첫걸음이 될 것이다.

둘째, '테마 독서법'이다. 이는 공무원에게 적합한 독서 방법이다. 자신의 관심 분야와 업무 영역을 고려하여 독서함으로써 효과를 증대시킬 수 있다. 매번 읽고 싶은 책을 즉흥적으로 선택하는 방식은 순간의 만족감은 주지만, 독서량을 늘려서 시너지 효과를 내는 데 한계가 있다. 이는 생각날 때마다 하고 싶은 운동을 하는 것과 체계적인 코칭을 받아 적합한 방식으로 운동을 하는 것의 차이와 같은 맥락이다.

구체적인 독서 방법으로는 한 분야의 책을 10권 정도 읽는 것이다. 이는 앞에서도 여러 차례 언급한 적이 있다. 분야를 선정할 때는 포괄적인 범위를 정하거나 세부적으로 나눌 수 있다. 예를 들어, '인간관계'라는 넓은 주제를 선택할 수도 있고, '대화법', '처세술', '심리학' 등으로 세부 분야를 나눠 읽을 수도 있다. 필자는 세부 분야에 중점을 둔 독서를 권장한다.

이 독서 방법은 책을 빠르게 읽는 데도 도움이 된다. 처음에는 한 분야의 책을 읽는 속도가 느릴 수 있지만, 몇 권을 읽다 보면 내용이 중복되어 속도를 높일 수 있다. 반복적인 독서를 통해 독서 습관이 형성되고 독서 근육이 강화되어 점점 더 빠르게 읽을 수 있게 된다.

'테마 독서법'의 중요한 효과 중 하나는 각 분야의 전문성을 확보할 수 있다는 것이다. 특정 분야의 책을 10권 정도 읽으면 상당한 식견을 얻을 수 있다. 또한, 각 분야 간의 융합력을 키울 수 있다. 이는 한 분야에 국한되지 않고 다양한 문제를 해결하고 창의적인 아이디어를 도출하는 데 도움이 된다. 이는 인간관계나 업무에서도 자신감을 가지고 주도적 역할을 하는 데 큰 자산이 될 것이다.

정리하면, 공무원을 위한 '주 2권 독서 습관 만들기'와 '테마 독서법'은 독서를 통해 자신을 새롭게 태어나게 하는 강력한 변화를 일으킬 수 있다. 이는 책을 쓰는 과정에서도 지속적인 영감을 얻으며, 작가로 성장하는 여정을 든든히 지원한다.

나만의 방식으로 독서를 기록하라

독서는 소중한 경험이지만, 그 내용을 오래 기억하기는 어렵다. 시간이 지나면 책의 내용을 잊기 쉽다. 집에 있는 책을 보며 이 책을 읽었는지 기억이 나지 않을 때가 있다. 생각해 보라. 지금까지 읽은 책 중 기억에 남는 책이 얼마나 되는가? 이런 상황에서 독서 기록이 필요하다. 각자의 방식으로 독서를 기록하면 지식과 정보를 오래 간직할 수 있다. 이는 정보 획득뿐만 아니라 자기 성장과 삶의 풍요로움을 찾아가는 과정이기도 하다.

독서를 기록하면 이를 실용적으로 활용하고 책 쓰기로 이어질 수 있다. 앞서 설명한 독서 습관을 바탕으로, 이번에는 독서 내용을 효과적으로 기록하는 방법을 소개하겠다. 또한, 독서와 기록이 어떻게 연결되고, 책 쓰기로 이어질 수 있는지 살펴볼 것이다. 이는 독서 중 얻은 지식을 기록하여 삶에 적용하는 데도 큰 도움이 될 것이다.

첫 번째로는 노트에 필사하는 방법이다. 이 방법은 독서에서 매우 효과적인 방법으로 꼽힌다. 많은 사람이 이 방법을 권장하며, 다양한 도서에서도 그 효과를 설명하고 있다. 저명한 작가들도 필사를 통해 글쓰기 능력을 향상시켰다고 말한다. 필사는 독서의 효과를 극대화하고 자기 성장으로 이어가는 데 최고의 방법으로 평가받고 있다.

필자도 한 동안 이를 습관으로 삼아 그 효과를 체감한 적이 있다. 독서 중 주요 내용을 밑줄 치고, 그 부분을 노트에 필기하는 방식이었다. 아침에 30분 정도 필사를 하는 것만으로도 독서에 대한 기억뿐만 아니라 삶의 동기부여가 되는 경험을 한 적이 있었다.

독서만 하는 것과 달리 필사는 책의 주요 내용을 직접 손으로 쓴다는 점에서 다르게 다가왔다. 이 과정에서 책의 내용을 여러 차례 반복해서 숙지할 수 있었다. 필사 노트에 정리한 주요 문장들은 일상 대화나 강의에서 유용하게 활용할 수 있어 더욱 의미가 있었다.

필사는 전체 필사와 부분 필사 두 가지 방법이 있다. 필자는 주로 부분 필사를 하였는데, 독서 중에 밑줄 친 부분을 노트에 적는 작업이었다. 이렇게 필사하면 독서를 더욱 깊게 이해할 수 있었다. 문장에서 느낀 감정을 노트 여백에 기록하고, 다른 사람과의 대화나 강의에서 사용하고 싶은 문장은 특별히 표시해 두어 쉽게 찾을 수 있게 만들었다.

필사는 독서를 통해 얻은 지혜를 오랫동안 간직하며, 이를 실천에 옮겨 머리와 몸속 깊이 자리 잡게 한다. 또한, 기록한 내용을 인용하거나 다른 주제로 전환하는 방식으로 책 쓰기와 연결할 수 있다. 무엇보다 필사로 얻은 독서의 깊이가 글을 통해 자신의 철학을 피력하는 기반이 된다는 점이 의미가 있다.

두 번째로는 블로그에 기록하는 방법이다. 노트에 직접 필사하는 방법은 효과적이지만, 시간이 많이 소요된다는 단점이 있다. 블로그에 기록하는 방법은 필사와 방식이 유사하다. 독서 중 주요 내용을 밑줄 치고, 이를 정리해 블로그에 올리는 형태로 진행된다.

최근 필자는 이러한 소요 시간을 줄이기 위해 블로그에 주요 내용을 기록하는 방식을 선호하고 있다. 노트에 직접 쓰는 필사만큼 깊은 느낌은 아니지만, 독서 후 내용을 기록하는 방법으로는 충분하다.

이 방법의 가장 큰 장점은 블로그에 기록한 글을 스마트폰으로 편리하게 볼 수 있다는 점이다. 또한, 블로그의 글을 SNS를 통해 지인과 독자들에게 공유할 수 있어, 사람들로부터 호응을 얻고 책을 사는 경우도 많았다.

내가 사용하는 블로그 기록 방식은 다섯 가지로 정리된다. 첫째, '내가 뽑은 최고의 문장'을 기록한다. 이는 한 권의 책에서 한 문장을 발견하면 된다는 나의 독서 원칙에 따른 것이다. 둘째, '이 책이 나를 성장시킨 점'을 기록해 독서를 통해 자신이 어떻게 성장했는지 솔직하게 표현한다. 셋째, '한 문장으로 요약하기'로 책의 핵심을 축약한 문장을 기록한다. 넷째, '핵심 내용을 잘 알 수 있는 문장'으로 독서 중 밑줄 친 부분을 기록한다. 마지막으로 '인용하면 좋은 문장'으로 책 쓰기나 다양한 상황에서 활용할 수 있는 유용한 내용을 기록한다.

요약하자면, 필사와 블로그에 기록하는 방법은 각각 장단점이 있다. 필사는 손으로 노트에 쓰는 과정에서 깊이 있게 다가오지만, 시간이 많이 소요된다는 단점이 있다. 반면에 블로그에 기록하는 것은 빠르고 효과적이지만, 필사만큼의 무게감을 주지는 않는다. 따라서 자신의 취향과 현실에 맞는 것을 선택하면 된다.

이처럼 다양한 방식으로 독서 내용을 정리하고 기록하면 독서의 효과를 최대한 높일 수 있다. 또한, 필요한 정보를 쉽게 찾고 적극 활용할 수 있게 된다. 결국, 같은 독서라도 어떻게 기록하고 활용하느냐에 따라 전혀 다르게 다가온다. 따라서 독서를 즐기고 기록하면 그 효과는 두 배로 느껴질 것이다.

공무원 책 쓰기를 위한 효과적인 독서 습관

구 분	내 용	세부사항
두 가지 효과적인 독서 습관	주 2권 독서 습관 만들기	- 1년에 100권의 독서 목표 - 주중과 주말로 나누어 각각 책 한 권 독서 - 독서 능력에 따라 알맞은 책 선택 중요 - 처음에는 쉬운 도서부터 시작 - 빠르게 글을 읽는 독서 습관이 중요 - 스마트폰 글이나 기사를 쭉 읽어나가듯 독서 - 좋은 문장 찾으면 밑줄 친 후 필사나 블로그에 기록 - 사적인 모임 줄이고, 많은 시간 독서에 할당 - 어렵다면 1주에 한 권이라도 독서
	테마 독서법	- 관심 분야와 업무 영역을 고려하여 독서 - 한 분야의 책을 10권 정도 독서 - 포괄적인 범위 또는 세부적으로 나누어 분야 선정 - 책을 빠르게 읽는 데도 도움이 됨 - 각 분야의 전문성 확보 및 상당한 식견 얻게 됨 - 각 분야 간 융합력을 키울 수 있음
나만의 독서 기록 방법	노트에 필사하는 방법	- 독서에서 매우 효과적인 방법으로 꼽힘 - 독서 효과 극대화하고 자기 성장에 최고의 방법 - 독서 중에 밑줄 친 부분을 노트에 적는 작업 - 문장에서 느낀 감정을 노트 여백에 기록 - 대화, 강의에 사용하고 싶은 문장 특별히 표시 - 책 쓰기로 연결되는 최고 방법 중 하나
	블로그에 기록하는 방법	- 필사는 시간이 많이 소요된다는 것이 단점 - 블로그 기록은 시간이 적게 소요되는 것이 장점 - 스마트폰으로 편리하게 볼 수 있음 - 독서 중 주요 내용 밑줄 치고, 블로그에 올리는 방식

내가 만난 예비 공무원 작가 이야기 4

- 19년 차 행정직 ○○○ 팀장

"평소 독서와 글쓰기를 즐겨 하시는데, 책도 한번 써보시는 건 어떨까요?"

평소 독서 모임에 적극적으로 참여하며 꾸준히 독서를 즐기고, 시간을 내어 글쓰기에도 열중하는 한 여성 공무원에게 이렇게 제안했다. 현재 지방자치단체에서 팀장으로 일하고 있는 이 공무원은 필자가 공직생활을 하는 동안 같은 부서에서 여러 차례 함께 근무한 적이 있었다.

그녀가 책 추천을 요청할 때마다 나는 좋은 도서를 소개해 주었다. 글쓰기에 도움이 될 독서 습관에 대해 이야기하고, 필사의 중요성을 강조하며 함께 토론하는 시간을 가졌다. 또한, 에니어그램 성격 유형을 통해 상담을 진행한 특별한 경험도 있었다.

그녀는 업무 능력이 우수하고, 인간관계도 원만하여 주변에서 좋은 평가를 받는 공무원이었다. 공직생활 중 매너리즘에 빠질 때마다 스스로 변화를 시도하는 모습을 보면서, 보기 드문 공무원이라고 느꼈다.

그녀는 책 쓰기에 최적의 조건을 갖추었다고 생각하여 여러 번 책을 써보라고 권유했다. 그럴 때마다 자신이 책을 어떻게 쓰냐며 자신 없어 했지만, 도전의 마음이 엿보이기도 했다. 그래서인지 나의 첫 번째 책이 출간되었을 때 맨 처음 소식을 전한 공무원이기도 했다.

어느 날, 책 쓰기에 대한 조언을 듣고 싶다는 연락이 왔다. 만나 보니 상당한 분량의 원고를 보여주었다. 그동안 책 쓰기를 목표로 쓴 글이라고 했다. 지금까지 책 쓰기를 권유해 온 것이 보람으로 다가왔고, 어려운 도전에 대견스러운 생각도 들었다. 앞으로 책을 쓰는 데 도움을 주고 싶은 마음이 자연스럽게 생겼다.

그녀는 자신이 쓰고자 하는 책의 주제와 목적을 이야기했다. "공직생활에서 느낀 고민, 보람, 그리고 소회를 솔직하게 담으려고 해요. 이 책을 통해 후배들에게 공무원이 여전히 괜찮은 직업임을 알리고 싶어요. 또한, 저처럼 워킹맘으로서 공무원 생활을 하는 동료들에게 위로와 응원의 메시지를 전하고 싶기도 하구요."

나는 그녀에게 "지금 이야기한 주제와 목적이 왜 중요한지 아시나요?"라고 물으며, "이 주제는 공무원이 직접 쓰는 책이라는 점에서 큰 의미가 있어요. 공무원은 다른 직업군보다 더 큰 사회적인 영향력을 가집니다. 따라서 이런 이야기는 많은 사람에게 설득력 있는 메시지로 전달될 수 있다고 생각해요."라고 설명했다.

또한, 최근 공무원 지원자가 감소하고, 어렵게 시험을 통과해 공무원이 된 후 얼마 되지 않아 그만두는 경우가 늘어나는 상황과 공직생활이 어려워지고 있는 현실을 고려할 때, 이러한 주제가 매우 시의적절하다는 점을 강조하며 격려와 응원의 말을 전했다.

그 후 여러 차례 만나며 책 출간에 필요한 코칭을 제공하고, 책을 완성하는 데 도움을 주고자 노력했다. 그녀의 노력과 열정을 지켜보며, 이러한 지원이 책 쓰기 코칭의 좋은 사례가 되어 더 많은 공무원이 자신의 이야기가 책으로 선보일 수 있도록 돕고 싶다는 생각이 들었다.

공무원이 책을 쓰고 출간하는 일을 돕는 것은 매우 의미 있는 일이다. 책 쓰기에 대한 지원을 통해 그들의 이야기가 사회에 긍정적인 영향을 미칠 수 있기 때문이다. 앞으로도 계속해서 공무원들의 메시지가 책으로 널리 알려질 수 있도록 도움이 되고자 한다.

07

인용 문구
활용 방법과 준비

책을 쓰는 과정에서 가장 어려운 일 중 하나는 첫 문장을 쓰는 것이다. 첫 문장을 어떻게 써야 할지 고민이 많다. 첫 문장이 부드럽게 써지면 이후의 내용도 자연스럽게 전개된다. 그러나 첫 문장이 마음에 들지 않거나 잘 떠오르지 않으면 글의 진행이 느려지고 답답한 기분이 든다.

이런 어려움을 극복하는 방법으로는 인용 문구 활용하기, 질문으로 시작하기, 사례나 경험으로 시작하기 등이 있다. 개인적으로, 책 쓰기와 같은 분량이 많은 경우에는 인용 문구 활용하기가 매우 효과적인 방법이라고 생각한다.

인용 문구를 활용하는 이유

인용 문구를 활용하면 어떤 이점이 있을까? 우선, 글의 분량을 자연스럽게 채울 수 있다. 물론 책을 쓰는 과정에서 분량이 그렇게 중요하냐고 반문할 수 있다. 그러나 두세 장 또는 열 장을 넘지 않는 칼럼, 기사, 블로그 글과는 달리, 책 쓰기는 A4지 200페이지 내외의 분량을 채워야 하므로 이를 조절하는 것이 매우 중요하다.

또한, 단순히 인용 문구를 추가하는 것뿐만 아니라 인용 문구의 핵심 메시지, 책의 출판 배경, 당시의 시대적 상황, 작가 소개 등을 함께 다룰 수 있다. 인용 문구에 부연 설명이 더해지면 글의 분량이 자연스럽게 채워진다.

글을 쓸 때 중요한 것은 자신의 주장이 논리적인지 여부이다. 주장을 뒷받침하는 근거가 명확하면 논리 전개에 힘을 실린다. 한 권의 책이 되어 세상에 나와 독자들에게 알려지고 오랫동안 남는다는 점을 고려할 때, 작가가 신경 써야 할 중요한 부분이다.

처음부터 내 생각을 주장하기보다는 좋은 문장이나 명언, 속담 등을 활용하면 논리적 타당성을 확보할 수 있다. 이렇게 하면 이야기 전개가 자연스러워지고 작가의 주장에 설득력이 더해진다. 인용 문구라는 외부 권위를 빌리면 책의 핵심 메시지를 빠르게 이해시키고 독자들의 호기심을 불러일으킬 수 있다.

이와 유사한 방식으로 논문 작성에서 선행논문을 인용하는 방법이 있다. 논문은 책 쓰기보다 훨씬 많은 양의 선행논문을 인용한다. 이는 연구를 통해 이론적 근거를 바탕으로 새로운 학술적 이론과 결과를 제시하기 때문이다. 책이든 논문이든 인용 문구를 활용하는 이유는 논리적 근거를 통해 신뢰성을 확보하기 위함이다.

따라서, 인용 문구를 적절히 활용하면 신뢰감과 전문성을 높일 수 있다. 독자는 작가에 대한 신뢰를 바탕으로 책을 선택하고 읽는다. 또한, 작가를 통해 지식과 정보를 얻을 수 있는 전문성을 기대한다. 반면에 스마트폰이나 인터넷에서는 정보의 필요성에 중점을 두기 때문에 글쓴이에 대한 신뢰는 상대적으로 덜 중요하다.

책은 차원이 다른 매체다. 일정 수준의 권위가 확보된 작가나 내용일 때 더 많이 읽히게 된다. 이런 측면에서 다양한 인용 문구는 작가의 신뢰감과 전문성을 높이는 데 도움이 된다. 그러므로 각 분야의 권위 있는 전문가나 저명한 작가들의 의견이나 연구 결과를 인용하는 것은 책 쓰기에서 빼놓을 수 없는 중요한 작업이다.

또한, 인용 문구 활용은 재미를 더해준다. 필자도 독서 중 '이렇게 좋은 문구가 있었나?'라는 생각을 종종 하게 된다. 작가의 주장이나 생각만 읽는 것보다 여러 작가의 문구, 명언, 속담 등을 접하면서 또 다른 흥미를 느낄 수 있다.

다른 사람들의 관점이나 표현 방식을 인용한 글을 통해 독자들은 단조로운 느낌을 받지 않고 더 풍부한 콘텐츠를 경험한다. 인용 문구를 활용해 이야기를 전개하면 작가의 주관적 관점에서 벗어나 새로운 시각과 의견을 제시하면서 관심을 유발할 수 있다.

인용 문구는 작가의 스토리텔링 능력을 강화하는 데 도움이 된다. 다양한 인용문을 통해 이야기의 범위를 확대할 수 있다. 이를 통해 독자들은 감정과 경험의 다양성을 느끼며 스토리에 더욱 몰입할 수 있다. 작가는 인용문을 적절히 활용함으로써 강연이나 발표에서도 스토리텔링 능력을 인정받을 수 있다.

강의를 잘하는 사람은 전문적 지식과 정보를 제공할 뿐만 아니라, 재미있는 사례로 쉽게 이해하도록 돕는다. 마찬가지로, 책도 인용 문구를 활용해 독자에게 재미를 주고, 내용의 신뢰성을 확보할 수 있다면 사용할 이유는 충분하다.

효과적인 인용 문구 활용 방법

이제 공무원이 책을 쓰는 데 있어 효과적인 인용 문구 활용 방법에 대해 알아보겠다. 좋은 문구를 활용해 글의 매력을 높이고 내용을 풍부하게 만드는 방법으로, '독서를 통한 인용 문구 활용 방법'과 '검색을 통한 인용 문구 활용 방법' 두 가지를 소개하겠다.

먼저, '독서를 통한 인용 문구 활용 방법'이다. 이는 가장 일반적인 방법 중 하나이다. 직접 책을 읽고 느낀 감정과 영감을 바탕으로 인용하는 것이다. 이렇게 하면 글의 깊이와 완성도를 높일 수 있다.

독서 중 인용하기 좋은 문구를 발견하면 밑줄을 치고, 옆에 '인'이라고 표시하는 습관을 들이는 것이 좋다. 필사를 병행하면 더욱 효과적으로 활용할 수 있다. 이러한 습관은 책 쓰기뿐만 아니라 다양한 상황에서 유용하다.

다음은 '검색을 통해 인용 문구를 활용하는 방법'이다. 모든 책을 다 읽지 않고도 인용 문구를 찾는 방법이다. 필자는 주로 교보문고나 예스24 같은 도서 서점 플랫폼에서 관련 도서를 검색하고, '도서 정보'나 '책 속으로'에서 핵심 문구를 찾는다. 이렇게 하면 책을 읽지 않고도 필요한 내용을 빠르게 찾을 수 있다.

검색을 통한 인용 문구 활용 방법은 도서뿐만 아니라 드라마나 영화 대사 등 다양한 영역에서 활용할 수 있다. 최근 드라마나 영화의 영향력이 커지면서 인용이 늘고 있다. 특히 유튜브 영상을 인용할 때는 QR코드를 표기해 독자들이 직접 확인할 수 있게 한다. 필자도 첫 책에서 이 방법을 활용해 본 적이 있다.

이외에도 명언, 속담, 사자성어 등을 인용할 때도 검색이 효과적이다. 이는 책 쓰기뿐만 아니라 상식의 폭을 넓히는 데 도움이 되며, 강의나 대화에서도 좋은 소재가 된다. 이 두 가지 방법을 잘 활용하면 인용만으로도 글 한 편을 쉽게 완성할 수 있다.

인용 문구 활용 시 주의할 사항

인용 문구를 활용할 때는 다른 사람의 글을 참고하는 것이므로 주의 깊은 규칙 준수와 윤리적 책임이 필요하다. 최근 지적 재산권과 관련된 법적 문제가 강화되고 있으며, 이를 어기면 표절 논란에 휘말릴 수 있다. 따라서 법적 측면뿐만 아니라 작가로서의 윤리적 책임도 고려해야 한다.

인용 시 출처를 명확하게 밝히는 것이 중요하다. 적절한 인용부호를 사용하고, 다른 작가의 저작물을 자신의 글에 추가할 때는 합법적인 절차를 거쳐야 한다. 학술논문에 비해 기준은 낮더라도 윤리적인 측면에서 인용 규칙을 엄격히 준수하는 것이 바람직하다.

적절한 인용부호 사용법을 이해하려면 두 가지 유형의 인용해 대해 알아야 한다. 첫 번째는 직접 인용이다. 이는 다른 저자의 글을 그대로 인용하는 방법으로, 인용문 주위에 큰 따옴표(" ")를 사용하고 출처를 명시해야 한다.

두 번째는 간접 인용이다. 이는 '~에 따르면', '~에 의하면', '~의 견해를 정리하면'과 같이 원저자의 아이디어나 주장이 명확히 드러나도록 인용하는 방법이다. 이 경우에도 출처를 표기해야 한다. 또한, 간접인용 시 원문에서 독특하거나 중요한 표현을 그대로 인용할 때는 해당 단어나 구절에 인용부호(" ")를 사용한다.

그 외에도 인용 문구는 되도록 원문 그대로 옮겨야 한다. 문구를 각색하거나 주관적인 생각을 가미하여 변경하는 행위는 자제해야 한다. 물론 외국 자료의 경우 번역 차이로 인한 약간의 의미 변화는 인정된다.

또한, 너무 많은 분량을 그대로 사용하는 것도 자제해야 한다. 이는 작가의 실제 창작물인지에 대한 의문을 불러일으킬 수 있으며, 원작가에 대한 예의에도 어긋날 수 있다. 인용 문구는 자신의 글을 보완하는 차원에서 활용되어야 한다.

여기서 다루지 않은 주의 사항도 많겠지만, 소개한 규칙들을 지킨다면 인용 문구 활용에 있어 기본적인 사항을 준수하게 된다. 이를 바탕으로 책을 쓰는 여정에서 인용 문구를 적절하게 활용하면, 글의 매력을 한층 더 높일 수 있을 것이다.

공무원 책 쓰기의 효과적인 인용 문구 활용 방법

구 분	내 용	세부사항
인용 문구를 활용하는 이유	글의 분량 채우기	- 분량 조절이 중요함 - 인용 문구와 함께 다양한 내용을 다룰 수 있음 - 부연 설명을 추가해 분량을 채울 수 있음
	신뢰감과 전문성 제고	- 작가의 신뢰감과 전문성을 높이는 데 도움 - 전문가나 저명한 작가의 의견, 연구 결과 인용은 필수적
	다양한 재미 제공	- 여러 작가의 문구, 명언, 속담 등을 통해 흥미 유발 - 다양한 관점과 표현 방식을 통해 풍부한 콘텐츠 제공

구 분	내 용	세부사항
인용 문구를 활용하는 이유	스토리텔링 능력 강화	- 다양한 인용문으로 이야기 범위 확대 - 독자들이 감정과 경험의 다양성을 느끼며 몰입 - 강의나 대화에서 적절한 인용문 활용으로 스토리텔링 능력 인정받음
공무원이 책을 쓰는 데 있어 효과적인 인용 문구 활용 방법	독서를 통한 인용 문구 활용	- 가장 일반적인 방법 - 인용하기 좋은 문구에 밑줄 긋기 - 옆에 '인' 표시 - 필사 병행 시 더욱 효과적 - 책 쓰기, 강의, 대화에 유용
	검색을 통해 인용 문구를 활용	- 교보문고, 예스24 등 도서 서점 플랫폼에서 검색 - '도서 정보'나 '책 속으로'에서 핵심 문구 찾기 - 드라마, 영화 대사 등 다양한 영역 활용 - 유튜브 영상을 인용 시 QR코드 표기 - 명언, 속담, 사자성어 인용에 효과적
인용 문구 활용 시 주의사항	출처를 명확히 밝히기	- 적절한 인용부호 사용 - 합법적인 절차 준수 - 윤리적인 인용 규칙 엄격히 준수
	직접 인용과 간접 인용	- 직접 인용 : 다른 저자의 글을 그대로 인용, 큰 따옴표 사용, 출처 명시 - 간접 인용 : 원저자의 아이디어나 주장이 명확히 드러나도록 인용, 출처 표기
	원문 그대로 인용	- 문구 각색과 주관적 생각을 가미하지 않음 - 외국 자료의 경우 번역 차이로 인한 약간의 의미 변화는 인정
	과도한 분량 인용 자제	- 작가의 실제 창작물인지 의문을 가질 수 있음 - 자신의 글을 보완하는 차원에서 인용 활용

성공적인 투고와 출간 전략

나만의 맞춤형
로드맵 세우기

로드맵은 거창하게 느껴지기 쉽다. 뭔가 대단한 것처럼 보이기 때문이다. 하지만, 로드맵은 사업에서나 개인적으로 자주 사용된다. 누구나 한 번쯤 조직에서 프로젝트를 시작하기 전이나 개인적으로 목표를 세울 때 로드맵을 세워본 경험이 있을 것이다. 로드맵 작성은 일의 방향과 목표를 설정하는 중요한 작업이다.

조직에서 로드맵 작성을 맡는 것은 미래 비전을 설계하는 중요한 임무를 부여받았다는 의미다. 이는 앞으로도 중요한 역할을 맡게 될 가능성이 높다. 또한, 로드맵을 세우는 과정에서 현재 업무에만 집중하는 것이 아니라 미래 전략을 고민하고 실행하는 능력을 키우는 성장의 기회가 된다.

개인 목표를 설정할 때도 마찬가지다. 인생 설계를 위해 나이별 로드맵을 세우며 10년, 20년 또는 50년 후를 상상한다. 또한, 여행을 갈 때도 어

떻게 즐기고, 어떤 장소를 방문하며, 무엇을 준비할지 계획을 수립하는 것도 로드맵에 속한다. 이 순간이 가장 신나고 기대감이 큰 시간일 것이다.

사전적으로 로드맵은 어떤 일을 추진하는 데 필요한 목표와 기준을 세워 만든 종합적인 전략을 의미한다. 원래는 자동차용 도로 지도를 뜻하지만, 책 쓰기에서는 성공적인 출간을 위한 지침으로 표현될 수 있다. 따라서 책 쓰기의 여정을 성공적으로 이끌기 위해 로드맵을 수립하는 것은 매우 중요하다.

이러한 로드맵을 세우는 이유는 다양하다. 체계적인 계획 수립을 통해 목표를 달성할 수 있다. 로드맵으로 일정을 정하면 목표 도달 과정이 분명해져 실행에 도움이 된다. 목표를 세분화하고 단계별로 나누면 복잡한 일도 쉽게 해결할 수 있다. 구체적인 계획은 팀이나 개인이 가야 할 방향을 명확히 하여 효율적인 업무 수행을 가능하게 한다.

로드맵은 실행에 대한 강제력을 제공한다. 로드맵을 세우면 자연스럽게 그 목표를 달성하기 위해 노력하게 된다. 또한, 우선순위를 설정하고 집중력을 발휘해 효과적인 실행을 유도한다. 이는 더 많은 일을 짧은 시간에 수행할 수 있게 하여 성취감을 느끼게 해준다.

나만의 맞춤형 로드맵을 세우기 위해 무엇이 필요한가? 여행을 시작하기 전에 목적지를 확실히 정하듯이, 책을 쓰기 전에 목표를 정하고 독자에

게 전하고자 하는 메시지를 명확히 해야 한다. 이것이 로드맵의 첫걸음이다. 왜 이 책을 쓰고자 하는지, 어떤 변화를 이끌고 싶은지를 생각해 보는 것이다.

목표를 정한 후에는 과정을 세분화하고 구조화해야 한다. 여행에서는 목적지에 도달하기 위해 전체 경로를 설정하고 중간 기착지도 탐색한다. 책 쓰기에서도 큰 주제를 세부 주제로 나누고, 각 세부 주제를 어떻게 전개할지 고민한다. 이 과정에서 어떤 정보를 수집하고 어떤 자료를 활용할지에 대한 방안을 도출해 나가야 한다.

로드맵은 여정을 안내할 뿐만 아니라 여행자의 기억에 남기기도 한다. 여행에서 느끼는 감정과 추억이 중요하듯, 책 쓰기에서도 여정 중 얻는 변화와 깨달음을 기록하면 또 다른 성장을 이룰 수 있다. 로드맵은 목적지 달성뿐만 아니라 여정 자체를 소중한 경험으로 만든다. 나만의 맞춤형 로드맵을 세우면 책 쓰기 여정이 더욱 가치 있는 경험이 될 것이다.

1년 로드맵으로 책 한 권 완성하기

필자의 경우, 첫 책을 쓸 때는 로드맵을 구상할 여유가 없었다. 초반에는 전문가의 코칭 프로그램의 도움을 받았다. 출판사와 계약 후에는 기한 내에 원고 작성 목표를 세우고 책을 완성했다. 두 번째 책은 나만의 로드맵을 수립하여 진행했다. 이를 통해 직장과 개인 일을 병행하면서도 소홀함이 없이 책 쓰기를 이어갈 수 있었다.

내 경험을 바탕으로 말하자면, 책을 쓸 때는 1년 로드맵이 효과적이다. 이를 통해 책 한 권을 쓰기 위한 전략을 세울 수 있다. 1년 동안의 로드맵을 통해 책 쓰기 과정을 여러 단계로 세분화하고 일정을 정리함으로써 출판을 성공적으로 이룰 수 있다.

세부적인 로드맵을 만들 때는 각 단계의 세부 일정, 목표 달성을 위한 작은 계획, 그리고 문제 발생 시 대처 전략을 고려해야 한다. 책 쓰기는 큰 목표를 달성하기 위한 작은 단계들의 연속이기에 체계적인 접근과 유연한 대처가 함께 필요하다. 이러한 준비는 차질없는 책 쓰기의 완성으로 이어질 것이다.

1년 로드맵은 작가의 스타일과 글쓰기 속도에 맞게 조정될 수 있다. 직장이나 개인적인 상황에 따라 변화가 필요할 때도 있다. 이때 유연성을 유지하며 상황에 따라 능동적으로 대처하면서 끝까지 처음의 로드맵을 진행해 나가야 한다. 이것이 바로 책 쓰기의 성공을 이끄는 열쇠다.

책 쓰기는 분명 큰 도전이다. 하지만, 로드맵을 잘 세우고 이를 꾸준히 실천하면 어려움을 극복하고 목표를 달성할 수 있다. 이제 출간기획서 작성(2개월), 투고 및 계약(1개월), 원고작성(6개월), 출판사 편집 과정(3개월)을 거치는 1년 동안의 로드맵을 통해 어떻게 책을 완성할 수 있는지 알아보겠다.

세부적인 로드맵을 활용한 효과적인 책 쓰기 계획 수립

1. 출간기획서 작성 (2개월)

먼저, 출간기획서 작성 단계이다. 이 과정에는 저자 소개, 기획 의도, 핵심 주제, 타깃 독자, 차별성, 마케팅 전략, 비교 도서, 목차, 서문, 샘플 원고 등이 포함되며, 약 2개월 정도 소요된다. 이는 책 쓰기의 첫걸음이자 출판사와의 협상을 위한 기초가 된다.

출간기획서는 두 가지로 나뉜다. 첫째, 기획과 전략을 다루는 부분으로, 기획 의도, 핵심 주제, 타깃 독자, 차별성, 마케팅 전략, 비교 도서 등이 포함된다. 이 부분에는 2개월 중 1/3의 시간을 할애한다.

둘째, 책의 구성과 원고 작성을 안내하는 부분으로, 제목, 목차, 서문, 샘플 원고 작성 등이 포함된다. 이 부분에는 2개월 중 2/3의 시간을 할당한다. 출간기획서를 2개월 동안 작성하면, 마치 출발선에 선 것과 같다.

2. 투고 및 계약 (1개월)

다음은 투고 및 계약 단계로, 출간기획서를 출판사에 제출하고 계약을 체결하는 과정이다. 이 단계는 약 1개월 정도 소요되며, 출판사와의 계약은 책의 성패에 큰 영향을 미친다. 출판사에서 계약 제안이 오면, 좋은 출판사를 선택하고 계약 조건을 협상하여 최종 계약을 체결한다.

투고 및 계약 단계는 두 가지로 나눌 수 있다. 첫째, 출판사에 투고한 후 계약 요청을 받고 출판사를 선택하는 과정이다. 투고 후 계약 요청을 기다릴 기간은 작가의 인지도나 투고 방식에 따라 다르지만, 보통 2주 정도면 계약 가능 여부를 알 수 있다.

둘째, 출판사에서 계약을 제안했을 때 어느 출판사를 선택할지를 고민하여 최종 계약을 체결하는 단계이다. 출판사를 직접 만나보거나 최소한 전화나 메일을 통해 계약 제안 이유를 들어보고 판단하는 것이 좋다. 출판사의 출판 경험이나 편집 능력을 꼼꼼히 살펴보는 것도 중요하다. 출판사를 선택한 후, 나머지 약 2주 동안 계약 조건을 협의하여 계약을 맺는다.

3. 원고 작성 (6개월)

원고 작성은 가장 많은 시간이 소요되는 단계로, 1년 로드맵 중 6개월을 할당한다. 출판사와 계약에서 원고 제출 기한이 보통 6개월 정도로 정해진다. 주별 목표를 설정하고, 매일 일정 시간을 할애하여 꾸준히 글을 쓰는 것이 중요하다. 중간에 나타나는 어려움을 극복하며 반드시 책을 완성하겠다는 의지를 가져야 한다.

원고 작성은 철저한 로드맵을 갖추어 차질 없이 목표를 달성해야 하는 중요한 단계이다. 출판사와 계약을 체결한 후 원고 작성을 미루거나 포기하는 경우가 발생할 수 있다. 따라서 철저한 계획을 세워 기한을 넘기지 않도록 꾸준히 진행해야 한다.

또한, 출판사와 원고 작성 방향을 논의하거나 인터뷰, 현장 방문 등의 특별한 일정을 계획하는 것도 중요하다. 이는 대상에 따라 거리와 여건이 다르기 때문에 세밀한 계획이 이루어져야 한다. 출판사와의 원고 작성 방향을 미리 논의하여 진행하는 것이 필요하다.

4. 출판사 편집 및 출간 (3개월)

마지막 단계는 출판사의 편집 과정으로, 약 3개월이 걸린다. 이 단계에서는 표지 시안 제작, 책 편집 및 디자인, 원고 수정 등 다양한 작업이 진행된다. 출판사는 원고를 검토하고 필요에 따라 수정을 요청한다. 이 과정에서 출판사의 요구에 맞춰 원고를 수정하거나 보완해야 한다. 따라서 출판사와의 협력이 중요한 역할을 한다.

특히 출간 시점이 매우 중요하다. 출판사는 시장 동향과 기대 수요를 고려하여 출간 시점을 결정하지만, 작가의 의견에 따라 조정될 수도 있다. 출간 일정은 상호 협의를 통해 전략적으로 조율하는 것이 바람직하다.

출판사와 체결한 원고 작성 일정에 맞추려면 편집 작업에 신속히 대응해야 한다. 예상치 못한 상황에 대비하면서 본래의 계획에서 크게 벗어나지 않도록 해야 한다. 이와 함께 출간 전 마케팅 전략을 수립하여 독자와의 만남을 위한 홍보 방안을 수립해야 한다.

원고 분량 계획의 중요성과 효과

앞서 "적절한 분량 계산과 효율적인 시간 관리"에서 언급했듯이, 원고 분량 계획은 글쓰기 작업을 계획적으로 진행하고 성공적으로 마무리하는 데 중요한 역할을 한다. 이를 좀더 자세히 다루어 보겠다.

원고 분량 계획은 각 섹션마다 어느 정도의 분량으로 진행하는지를 미리 가늠할 수 있게 해준다. 글의 분량에 따라 전개 방식도 달라지며, 간결하고 명확하게 표현할지, 아니면 다양한 사례와 개인적인 경험을 녹여낼지를 결정할 수 있다. 이러한 계획은 글쓰기 작업을 완성하기 위한 필수적인 단계이다.

먼저, 책의 전체 페이지 수를 결정해야 한다. 일반적으로 250페이지 이상의 책으로 할 것인지, 아니면 200페이지에서 250페이지 정도로 할 것인지 고려한다. 이 결정이 이루어지면 A4용지에 몇 장의 원고를 작성할지도 판단할 수 있다.

글자 수도 산정할 수도 있다. 보통 20만 자 정도의 글을 쓰면 한 권의 책으로 충분히 편집할 수 있는 분량이 된다. 이는 A4용지 11포인트, 줄 간격 160으로 작성할 때, 약 150~180페이지 정도가 된다. 이러한 사항을 고려하여 각 장과 절의 분량을 계획하고 일정과 전략을 세우는 것이 중요하다.

정리하자면, 원고 분량 계획은 글쓰기 작업을 준비하기 위한 필수적인 과정이다. 작가는 이를 통해 각 장과 절의 분량을 적절히 조절하고 일정을 관리하여 훌륭한 글을 완성할 수 있게 된다. 따라서 원고를 시작하기 전에 충분한 시간을 들여 신중하게 전략을 세우는 것은 책 쓰기를 성공적으로 완성하는 데 큰 도움이 된다.

나만의 맞춤형 로드맵 세우기 방법

구 분	내 용	세부사항
로드맵을 세우는 이유	목표를 더욱 효과적으로 달성	- 목표에 도달하는 과정이 분명해져 실행에 도움이 됨 - 목표를 세분화하고 단계별로 나누면 복잡한 일도 쉽게 해결 가능 - 팀이나 개인의 방향을 명확히 하여 효율적인 일 수행 지원
	실행에 대한 강제력을 제공	- 자연스럽게 목표 달성을 위해 노력하게 됨 - 우선순위를 설정하고 집중력을 발휘해 효과적인 실행을 유도 - 더 많은 일을 짧은 시간에 수행하여 성취감을 느끼게 해줌
세부적인 로드맵을 활용한 효과적인 책 쓰기 계획 수립	출간기획서 작성 (2개월)	- 기획과 전략 : 기획 의도, 핵심 주제, 타깃 독자, 차별성, 마케팅 전략, 비교 도서(2개월 중 1/3) - 책의 구성과 원고 작성 : 제목, 목차, 서문, 본문 작성(2개 월 중 2/3)
	투고 및 계약 (1개월)	- 출판사에 출간기획서 투고 후 계약 요청 및 출판사 선택(2주) - 출판사와 계약 조건 협상하여 최종 계약 체결 (2주)

구 분	내 용	세부사항
세부적인 로드맵을 활용한 효과적인 책 쓰기 계획 수립	원고작성 (6개월)	- 1년 로드맵 중 6개월을 할당 - 원고 제출 기한이 보통 6개월 정도로 정해짐 - 주별 목표를 설정하고, 매일 일정 시간을 할애하여 꾸준히 글을 씀 - 반드시 책을 완성하겠다는 의지를 가져야 함 - 철저한 로드맵을 갖추어 차질 없이 계획을 추진해야 함 - 기한을 넘기지 않도록 꾸준히 진행 - 출판사와 원고 작성 방향을 논의, 인터뷰, 현장 방문 등 특별한 일정을 계획 - 출판사와의 원고 작성 방향을 미리 논의하여 진행 필요
	출판사 편집 및 출간 (3개월)	- 출판사의 편집 과정으로 약 3개월 정도 걸림 - 표지 시안 제작, 책 편집 및 디자인, 원고 수정 등 다양한 작업 진행 - 출판사는 원고를 검토하고 필요에 따라 수정 - 출판사의 요구에 맞춰 원고를 수정하거나 보완 - 수준 높은 책을 만들기 위해 출판사와 협력하는 자세가 필요 - 출간 시점이 매우 중요 - 출간 일정은 상호 협의를 통해 전략적으로 결정 - 예상치 못한 상황에 대비하면서 본래의 계획 유지 - 출간 전 마케팅 계획을 수립하여 홍보 전략 마련

출간기획서의
중요성과 핵심 요소

첫 책이 출간된 후 자주 받는 질문 중 하나는 '책을 내는 데 돈은 얼마나 들었느냐?'는 것이었다. 생각보다 많은 사람들이 이 질문을 했다. 대부분의 사람들은 책을 내는 데 돈이 든다고 생각한다. 어쩌면 출판 구조를 모르는 상황에서 당연한 일인지 모른다.

나 역시 책 쓰기를 배우기 전까지 출판사에 돈을 내고 책을 내는 줄로 알았다. 대부분은 주변에서 책을 내는 사례를 거의 보지 못했으며, 설사 봤다고 해도 정치인의 출판기념회나 유명인의 자서전 정도였을 것이다. 그리고 이 경우, 자신들이 돈을 들여 책을 낸다고 알고 있다.

그러나 실제로는 출판사와의 계약을 통해 책을 출간하는 경우, 작가가 비용을 부담하지 않는 경우가 많다. 출간기획서와 원고가 출판사의 기준에 맞으면, 출판사는 작가에게 비용을 요구하지 않는다. 이것이 출판 과정

에서의 자연스러운 구조라고 할 수 있다.

나도 마찬가지로 출판사와 계약할 때 돈이 들지 않았다. 오직 출간기획서 작성과 원고 작성에만 집중했다. 이 방식은 책을 내고자 하는 초보 작가들에게도 권장하는 길이다. 따라서 작가로서 가장 중요한 것은 출간기획서를 잘 작성하여 출판사와의 계약을 체결하는 것이다.

출간기획서의 중요성

"작가가 진정한 다음 단계로 도약하기 위해서 가장 중요한 것은 좋은 책을 쓰는 일이 아니라 좋은 출판사와 계약하는 일이다."

김병완 작가의 《기적의 책 쓰기! 이 책 한 권이면 다 된다》에서 나온 이 말은, 작가에게 중요한 것이 좋은 출판사와의 계약이라고 강조하고 있다. 이는 일반적인 견해와 다르게 느껴질 수 있다. 보통은 작가에게 가장 중요한 것이 글을 잘 쓰는 것이라고 생각하고 있기 때문이다.

이처럼 출판사와의 계약이 중요한 이유는 출판사와 계약이 되어야 책이 세상에 나갈 수 있기 때문이다. 물론 자비출판도 가능하다. 하지만, 작가로서의 진정한 가치는 출판사 제안에 의한 계약을 통해 책이 나오는 것이 더 의미 있다. 따라서 책을 출간하기 위해서는 반드시 좋은 출판사와 계약이 되어야 한다.

출판사와 계약에 있어서 핵심 요소인 출간기획서는 아이돌 가수 지망생의 데모 테이프나 오디션과 같다. 뛰어난 춤과 노래 실력이 있어도 연예기획사와 계약하지 않으면 데뷔가 어려운 것처럼, 출간기획서 작성이 잘되지 않으면 출판사와의 계약이 힘들다. 아무리 원고가 완성되어도 출간이 어려울 수 있다. 지명도가 높거나 전문 작가라면 다르지만, 아마추어 작가나 첫 책을 내는 경우에는 출간기획서가 그래서 중요한 것이다.

출간기획서는 작가의 아이디어와 책의 가치를 명확하게 전달함으로써 출판사와 연결되는 도구이다. 기획 의도, 책의 차별성, 타깃 독자층, 마케팅 전략 등을 체계적으로 정리하여 출판사가 관심을 갖게 해야 한다. 결국, 출간기획서를 잘 작성하면 좋은 출판사와의 계약에 한 걸음 더 가까워질 수 있다.

출판사에 제출되는 출간기획서는 한눈에 들어오고, 계약의 의지를 명확히 전달해야 한다. 저자의 인지도, 독특한 콘셉트, 효과적인 마케팅 전략, 샘플 원고의 완성도 등 출판사가 계약하고 싶어할 만한 사항을 제시해야 한다. 출판사의 관심을 끌고 호감을 얻게 되면 출판사와 계약할 가능성이 커진다.

출간기획서 작성에 쏟는 에너지

출간기획서 작성에 쏟는 작가의 에너지에 관한 이야기를 해보겠다. 첫 책을 준비하면서 코칭을 받았던 분이 한 말이 기억이 난다. 그는 "출간기

획서 작성에 80% 정도의 에너지를 쓰고, 원고작성에는 50%의 에너지만 쓰면 됩니다."라고 말했다. 처음에는 이 말이 무슨 뜻인지 이해하지 못했지만, 지금은 충분히 이해가 간다.

물론 해석의 차이는 있을 수 있다. 80%와 50%의 에너지가 어느 정도인지는 작가의 성향과 능력에 따라 다르다. 어떤 작가들은 출간기획서에 더 많은 에너지를 쏟아야 하는 반면, 다른 작가들은 원고 작성에 더 많은 시간을 투자할 수도 있다. 나의 경우, 출간기획서에 모든 에너지를 집중한다. 그리고 계약 후에도 원고작성을 출간기획서처럼 완벽하게 하려고 노력하는 편이다.

그러나 계약 후 출판사 담당자와의 상담을 통해 작가와 출판사 간의 조율 시간이 필요하다는 것을 알게 되었다. 첫 책의 원고를 완성해 출판사에 제출했을 때 많은 분량을 다시 작성해야 했다. 그 분량이 A4지 50페이지 정도로, 전체 원고의 30%나 되었다. 이 작업에 거의 한 달 이상이 걸렸다. 이 경험을 통해 계약 후 원고 작성은 50%만 쓰라는 말의 의미를 실감하게 되었다.

이 이야기를 꺼낸 이유는 출간기획서의 중요성을 강조하기 위해서다. 원고 작성은 계약 후 출판사의 지원과 협력을 통해 유연하게 대처할 수 있다. 그러나 출간기획서가 출판사의 문턱을 넘지 못하면 출발 자체가 어렵다. 따라서 처음에는 출간기획서 작성에 모든 것을 집중해야 한다는 점을 다시 강조하고 싶다.

출판사가 중점을 두는 출간기획서의 핵심 요소

그렇다면 출판사와 계약을 성사하기 위한 출간기획서 작성의 핵심 요소는 무엇일까? 그것은 두말할 필요 없이 독특한 콘셉트와 효과적인 마케팅 전략이다. 이는 필자의 경험에 따른 것이며, 그리고 많은 작가와 출판사 관계자들이 공통적으로 강조하는 부분이다.

처음 출판사에서 계약 제안이 왔을 때, 출판사 담당자를 만나 가장 먼저 물어본 것이 있었다. 바로 어떤 부분이 나의 출간기획서를 보고 계약을 제안하게 되었는지였다. 그 질문에 담당자는 "보통 한 달에 150~200개 정도의 원고가 들어오는데, 그중 작가님의 출간기획서는 주제가 독특했고, 마케팅 전략도 눈에 띄었습니다."라고 대답했다.

이를 통해 출판사에서 가장 중점적으로 보는 것은 독특한 콘셉트와 효과적인 마케팅 전략이라는 사실을 알게 되었다. 출간기획서에 독특한 아이디어와 판매 촉진 전략이 반드시 담겨 있어야 한다. 이제 두 가지의 핵심 요소에 대해 자세히 알아보겠다.

첫째, '독특한 콘셉트'이다. 출간기획서를 보고 콘셉트가 독특한지를 단적으로 알 수 있는 방법은 역시 제목이다. 제목만으로도 독자의 주목을 확실히 끌어야 한다. 제목은 결정적인 역할을 한다. 제목에서 강력한 인상을 주지 못하면 계약이 어려울 수 있다. 제목이 거의 모든 것을 결정한다고 해도 과언이 아니다.

부제와 목차 역시 중요하다. 부제는 제목의 내용을 구체화한다. 제목의 은유적 표현을 이성적으로 설명한다. 목차는 전체 내용을 구성하는 뼈대이다. 목차의 구조는 독자들에게 흥미로운 내용을 제공하도록 섬세하게 짜여져야 한다. 목차도 제목과 마찬가지로 각 장과 절마다 카피적 요소를 가미하여 눈에 띄는 소제목으로 임팩트를 줘야 한다.

제목, 부제, 목차는 모두 현시대와 어우러지는 주제여야 한다. 독자들이 관심 있는 트렌드에 맞는 주제일수록 주목도가 높아진다. 시대와 동떨어지거나 어려운 주제는 출판사의 무관심을 불러일으킬 수 있다. 너무 많이 다루어지거나 소수의 특정 계층에만 한정된 주제도 가급적 피하는 것이 좋다.

명확한 타깃층을 설정하는 것도 중요하다. 생각보다 더 범위를 좁히는 것이 좋다. 너무 광범위한 주제보다는 구체적이고 특화된 주제가 더 많은 독자층을 불러일으킬 수 있다. 타깃층이 세밀할수록 주제의 관심도를 높일 수 있다는 것이 전문가들의 한결같은 조언이다.

결국, 현재 이 시점에서 독자들이 가장 관심 있는 주제를 선택하는 것이 가장 이상적이다. 그것이 독자들의 주목을 끌 수 있는 콘셉트가 되는 것이다. 창조적인 아이디어는 하늘에서 뚝 떨어지는 것이 아니다. 이미 잘 알려진 주제를 새로운 시각과 접근으로 표현하는 것이 중요하다. 출간기획서의 핵심은 바로 독특한 콘셉트라는 점을 언제나 잊지 말아야 한다.

둘째, '효과적인 마케팅 전략'이다. 이는 작가의 책 판매와 수입에 직결

되는 사항이다. 출판사는 계약 전에 이 책이 얼마나 많이 팔릴지를 고려한다. 최근에는 출판사가 생각하는 판매 기준이 예전보다 낮아졌다고 한다. 그렇지만 작가는 출간기획서에서 마케팅 전략을 제시함으로써 이 부분에 대한 확신을 줄 필요가 있다.

출간기서에는 작가가 이미 확보한 독자층에 대한 홍보 방법이 명시되어야 한다. 무작정 대상을 겨냥하는 것이 아니라, 이를 활용해 어떻게 홍보하고 구매를 유도할 것인지에 대한 전략이 자세하게 담겨 있어야 한다. 이렇게 출간 전에 독자들에게 어필할 특별한 전략을 갖추는 것이 마케팅 전략의 핵심이다.

공무원이 책을 출간하는 경우, 공직생활 동안 쌓아온 인맥을 잘 활용해야 한다. 또한, 대내외 활동, SNS 활동, 세미나나 간담회 활용 계획 등을 출간기획서에 상세히 기재해야 한다. 공무원만이 가지고 있는 사회적 영향력은 마케팅 전략의 핵심이 될 수 있다. 이런 강점을 최대한 활용하여 차별화된 홍보 전략을 제시하는 것이 중요하다.

다시 강조하자면, 출판사와의 계약은 출간기획서의 핵심인 독특한 콘셉트와 효과적인 마케팅 전략에 달려 있다. 출간기획서는 충분한 설득력을 갖추기 위해 독창적인 아이디어와 성공적으로 홍보하고 판매하기 위한 마케팅 전략을 포함해야 한다. 이러한 요소들을 강조하여 작가의 창의성과 노력을 출판사에 전달하면, 출판사와의 계약이 성사되고 작품이 독자들에게 가치 있는 메시지로 전달될 것이다.

출판출판사와의 계약에서 출간기획서의 중요성과 핵심 요소

구 분		세부사항
출간기획서의 중요성		- 출판사와 계약해야 책이 세상에 나갈 수 있음 - 출판사 제안에 의한 계약이 작가로서의 진정한 가치가 있음 - 책 출간을 위해서는 반드시 좋은 출판사와 계약이 되어야 함 - 출간기획서는 작가의 아이디어와 책의 가치를 명확히 전달하는 도구 - 출간기획서를 잘 작성하면 출판사와의 계약에 한 걸음 더 가까워짐 - 출판사의 관심과 호감을 얻으면 계약 가능성 커짐
출판사가 중점을 두는 출간기획서의 핵심 요소	독특한 컨셉	- 제목만으로도 독자의 주목을 확실히 끌어야 함 - 강력한 인상을 주지 못하면 계약이 어려울 수 있음 - 부제와 목차도 중요하며, 부제는 제목의 내용을 구체화함 - 목차는 흥미로운 내용을 제공하도록 섬세하게 짜여져야 함 - 목차에 카피적 요소 가미하여 임팩트 줘야 함 - 독자들이 관심 있는 트렌드에 맞는 주제일수록 주목도 높아짐 - 시대와 동떨어지거나 어려운 주제, 너무 많이 다루어지거나 소수의 특정 계층에만 한정된 주제는 피하는 것이 좋음 - 명확한 타깃층을 설정하는 것이 중요 - 현재 독자들이 가장 관심 있는 주제 선택하는 것이 이상적
	효과적인 마케팅 전략	- 작가의 책 판매와 수입에 직결 - 출판사는 계약 전에 이 책이 얼마나 많이 팔릴지를 고려함 - 출간기획서에서 마케팅 전략을 제시하여 출판사에 확신을 줘야 함 - 작가가 이미 확보한 독자층에 대한 홍보 방법 명시되어야 함 - 독자들에게 어필할 특별한 전략을 갖추는 것이 마케팅 전략의 핵심 - 공무원 책 출간 시, 인맥 활용과 대내외 활동, SNS 활동, 세미나나 간담회 활용 계획 등을 상세히 기재 - 공무원만의 사회적 영향력은 마케팅 전략의 핵심 - 강점을 최대한 활용 차별화된 홍보 전략 제시하는 것이 중요

내가 만난 예비 공무원 작가 이야기 5

- 32년 차 건축직 ○○○ 과장

"32년 건축직 공무원의 경험으로 책 한 권을 쓴다면 어떤 책을 써보고 싶은가요?"

32년 이상 건축직으로 근무한 공무원에게 던진 질문이었다. 처음에는 자신이 책을 쓸 수 있겠냐며 손사래를 쳤다. 그러나 이야기를 나누는 과정에서 예상치 못한 아이디어를 제시했다. "사실 평소에 생각한 것이 있어요. 건축하는 데 있어서 민원인들이 행정 절차를 잘 모르잖아요. 그래서 만화로 쉽게 설명하는 책을 쓰면 좋겠다고 생각했어요."라고 말했다. 나는 "좋은 아이디어입니다. 꼭 책을 쓰셨으면 좋겠어요. 필요하다면 제가 도와드릴 수 있습니다."라고 답했다.

그는 공직생활 동안 민원인들이 간단한 행정 절차도 제대로 알지 못해 많은 어려움을 겪는 것을 자주 목격했다. 사소한 절차를 이행하지 못해 벌금을 부과받거나 기한을 어겨 막대한 피해를 입는 경우도 많았다. 또한, 받을 수 있는 혜택을 몰라 손해를 보는 경우도 흔했다. 이러한 경험으로 그는 건축 분야에서 겪는 어려움을 만화로 쉽게 설명하는 책을 쓰고 싶다고 생각하게 되었다.

이렇듯 누구나 책 쓰기에 대한 동기와 필요성을 가지고 있다. 그러나 어떻게 책을 써야 하는지 모르거나, 실천에 옮기지 못해 아이디어를 머릿속에만 간직하는 경우가 많다. 특히, 이런 경우가 공무원 중에서도 많다는 사실을 그를 통해 다시 한번 느꼈다.

나는 그를 몇 차례 만나 출간기획서의 중요성을 설명했다. 출간기획서를 작성할 때 기획 의도, 핵심 주제, 타깃 독자, 이 책의 차별성, 마케팅 전략, 제목과 부제, 목차, 서문을 잘 정리하면 출간기획서가 완성된다는 점을 이야기했다.

특히, 공무원의 아이디어로 책을 쓰면 충분히 차별성을 가질 수 있다고 설명했다. 만화 형식으로 독자들이 쉽게 이해하고 즐겁게 학습할 수 있으며, 건축 분야의 행정 절차와 문제 해결을 다루면 독자들에게 호기심과 재미를 줄 수 있다고 조언했다. 또한, 이 책은 공무원, 건축 분야 종사자, 일반 독자 등 다양한 독자층을 대상으로 하여 건축 분야에 대한 이해를 넓히는 데 도움이 될 것이라고 강조했다.

제목과 부제로는 첫째, '건축 업무를 위한 실전 가이드북 : 현장에서 마주하는 문제해결 지침서', 둘째, '건축 분야 행정 절차와 문제해결 가이드 : 민원의 문턱을 쉽게 넘는 실전 안내서', 셋째, '만화로 배우는 건축 이야기 : 재미 있게 풀어가는 행정 절차와 문제해결의 비밀' 정도로 제시했다.

목차는 '제1장. 건축 업무 초보자를 위한 입문 가이드', '제2장. 재미있는 건축 행정 탐험 이야기', '제3장. 건축 업무의 문제해결 비밀 노하우',

'제4장. 공무원과의 원활한 민원 처리 스킬', '제5장. 건축 업무 실력을 높이는 공무원 노하우', '제6장. 숨은 건축 이야기들' 로 구성하면 좋을 것이라고 제안했다.

마지막으로, 출간기획서를 완성하는 과정을 설명하며, 서문과 각 장의 샘플 원고를 작성하여 출간기획서를 완성할 수 있다고 이야기했다. 또한, 책 쓰기에 대한 도전이 어렵지 않을 것이라고 격려했다. 그는 "그동안 책 쓰기가 막연하고 어렵게 느껴졌지만, 이제는 한 번 도전해 볼 만하다는 생각이 들었습니다."라고 말했다.

나는 이 공무원과의 대화를 통해 그의 아이디어를 현실로 구현하려는 열정과 의지를 느꼈다. 그의 아이디어가 책을 통해 세상에 나오게 된다면, 건축 분야에서의 행정 절차와 문제 해결에 대한 이해를 넓히고, 독자들에게 새로운 시각과 영감을 전달할 것이라고 확신했다.

이러한 노력과 열정은 책을 통해 독자들에게 큰 가치를 전달할 뿐만 아니라, 공무원으로서의 역할을 넘어 사회에 긍정적인 영향을 미칠 수 있다. 건축 분야의 다양한 해결책을 다룬 그의 책은 민원인들뿐만 아니라 건축 업계 종사자와 공무원들에게도 큰 도움이 될 것이다.

그의 노력이 책 쓰기의 새로운 가능성을 열어주기를 진심으로 바라며, 나도 그의 남은 공직생활 동안 책을 출간할 수 있도록 최선을 다해 도울 것이다.

효과적인 출간기획서 작성을 위한 꿀팁

출간기획서 작성은 심혈을 기울여 창작한 작품을 세상에 알리는 소개장과 같다. 이는 작품을 소개할 뿐만 아니라 출판사와의 상호작용을 위한 특별한 창구를 만드는 과정이다. 작가는 이를 통해 독자에게 어떤 가치를 제공할 수 있는지 명확하게 전달하고, 출판사가 자신의 작품을 왜 선택해야 하는지를 설득해야 한다.

출간기획서를 작성할 때 고려할 중요 포인트가 몇 가지가 있다. 출판사마다 중요하게 생각하는 부분이 다르기 때문에, 출간기획서의 모든 요소를 신중하게 다루어야 한다. 무엇보다 자신의 장점을 최대한 활용하고, 독창적인 스타일로 눈에 띄게 표현하는 것이 중요하다.

이 장에서는 출간기획서의 중요한 요소 중 독특한 콘셉트와 효과적인 마케팅 전략을 제외하고, 성공적인 출간기획서 작성을 위한 몇 가지 꿀팁

을 살펴보겠다. 이러한 꿀팁을 유용하게 활용하면 출판사와의 계약에 성공할 가능성이 높아질 것이다.

저자 소개

출판사는 작가의 인지도와 네트워크를 핵심적으로 고려한다. 작가에 대한 신뢰는 출판사의 선택에 큰 영향을 미치며, 이는 출판사의 수익과 직결된다. 따라서 작가는 자신의 활동 이력, 독특한 경험, 그로 인해 제공되는 가치를 출판사에 효과적으로 전달해야 한다. 출간기획서는 이러한 강점을 강조하고, 작품을 선택해야 하는 이유를 설명하는 중요한 도구이다.

블로그나 유튜브 활동이 있다면 적극 반영하는 것이 좋다. 특히 SNS 활동은 출판사가 작가의 영향력을 평가하는 중요한 지표이다. 출간기획서 제출 시 이러한 활동이 마케팅 전략과 어떻게 연결되는지 보여주어야 한다. 최근 활동이 부족하다면 출간기획서 투고 전에 보완하는 것이 필요하다.

출간기획서를 제출하기 전에 네이버 인물 등록 여부를 확인해야 한다. 네이버 인물 등록은 작가의 프로필과 공개 정보를 제공하는 현재 가장 권위 있는 공간이다. 이는 출판사와 독자들이 작가에 대해 더 잘 이해하는 데 도움을 준다. 네이버 인물 등록이 되어 있지 않다면, 먼저 이를 진행해야 한다.

기획 의도와 핵심 주제

기획 의도와 핵심 주제는 책의 첫인상을 결정짓는 중요한 요소이다. 작가는 왜 이 책을 쓰게 되었는지, 주제와 목적을 명확하게 정의해야 한다. 책의 필요성과 유용성을 통해 독자와 출판사가 이 책에서 무엇을 얻을 수 있는지 알 수 있도록 해야 한다.

기획 의도는 작가가 책을 쓰게 된 동기와 전하고자 하는 메시지가 주된 내용이다. 독자에게 전달할 가치와 목적을 분명하게 표현하는 것이다. 책 쓰기 동기와 독자에게 제공할 가치는 출판사의 공감과 이해를 얻기 위한 핵심 사항이다.

핵심 주제는 책의 중심 내용을 제시한다. 이는 독자에게 전달하고자 하는 책의 핵심 줄거리를 담고 있다. 또한, 내용의 흐름을 간파할 수 있는 예고편 같은 역할을 한다. 이를 서문의 축약본 형식으로 제시하는 것도 좋은 방법이다.

이 책의 차별성

이 책의 차별성은 출판사가 여러 원고 중에서 나를 선택해야 하는 이유를 강조하는 부분이다. 이는 독자들이 이 책을 선택할 이유와도 연결된다. 책의 독특한 내용과 형식이 독자들과 어떻게 상호작용할 수 있는지를 강조하여 차별성을 부각할 수 있다.

내용의 차별성은 동일 주제를 다루는 다른 책들과의 차이를 강조한다. 작가의 특별한 이력과 독창적인 연구 결과를 통해 새로운 시각을 제시할 수 있다. 이러한 작가의 다양한 경험과 전문성은 책의 신뢰와 가치를 높이는 데 기여할 것이다.

형식의 차별성은 작가가 메시지를 어떤 방식으로 전달하는지에 초점을 맞춘다. 특별한 그림, 다양한 예시, 참신한 구성 등을 활용하면 효과적이다. 이를 통해 독자들에게 새로운 독서 경험을 제공할 수 있다는 점을 강조할 필요가 있다.

타깃 독자

타깃 독자를 명확하게 정의하는 것은 출판사가 책의 성공 여부를 판단하는 중요한 기준이다. 독자층을 세밀하게 정의하면, 독자들의 공감과 이해를 더 쉽게 얻을 수 있다. 이는 책의 메시지를 명확히 전달하고, 독자들에게 의미 있는 경험을 제공하는 데 도움이 된다.

타깃 독자는 직업, 직급, 나이, 성별 등 다양한 요소에 따라 달라질 수 있다. 특정 독자층의 관심과 요구에 부합하면 더욱 흥미를 끌 수 있다. 누구나 자신과 관련된 이야기라면 호기심을 갖게 마련이다. 작가는 이러한 독자들의 심리를 간파하여, 책이 어떤 독자층을 대상으로 하는지, 그들에게 어떻게 다가갈지 신중히 고민해야 한다.

첫 책에서는 타깃 독자층이 넓어 출판사의 우려가 있었다. 반면, 두 번째 책에서는 공무원을 대상으로, 특히 50대 전후의 독자층으로 타깃을 좁혔다. 이는 독자층을 세분화하여 특정 그룹에 집중하는 전략이 더 나은 결과를 가져올 수 있다는 것을 반영한 것이다.

비교 도서 분석

비교 도서 분석은 출판사가 작가의 작품과 경쟁 도서들을 비교하여 차별점을 찾는 단계이다. 작가는 자신의 책이 기존 도서들과 어떻게 차별화되며, 독자들에게 어떤 가치를 제시하는지를 강조해야 한다. 또한, 독자들에게 유용하고 도움이 되는 정보를 제공할 필요도 있다.

주제와 분야가 다르더라도 상관없다. 특정 부분이 자신의 책과 유사하다면 포함될 수 있다. 우선적으로 동일한 주제를 다루는 책이 비교 대상이 될 것이며, 형식이 비슷한 책도 대상이 될 수 있다. 특히, 새로운 시도가 있는 책이 있다면, 유사한 도전을 통해 길을 개척한 사례를 비교 대상으로 삼는 것은 좋은 방법이다.

이 과정은 독자들에게 자신의 책을 선택해야 하는 이유를 전달하는 핵심적인 역할을 한다. 또한, 작가가 자신의 작품을 완성해 나가는 데 필요한 방향을 찾아 가는 길잡이 역할을 한다. 어떤 도전이든, 먼저 선구자로서 길을 닦은 이들을 따르는 것은 현명한 방법이다. 이는 단순한 모방이 아니라, 동기부여가 되어 더 나은 작품을 만드는 기회가 될 것이다.

기타 사항

출간기획서에 추가로 포함될 내용은 다음과 같다.

첫째, 홍보문구이다. 홍보문구는 독자들에게 강력한 인상을 전달하는 중요한 수단이다. 핵심 메시지와 독자들에게 제공하는 가치를 강렬하게 담아내어 독자들의 호기심을 자극하는 문구로 작성해야 한다

둘째, 원고 완성일이다. 원고 완성일은 출간 일정을 조율하기 위한 중요한 정보이다. 출판 일정을 원활하게 진행하기 위해 충분한 여유를 두고 6개월 정도의 시간을 확보하는 것이 좋다. 이는 예상치 못한 문제에 대비하고, 출간 일정을 유연하게 조정할 수 있게 한다.

셋째, 예상 페이지 수다. 예상 페이지 수는 출판과 관련된 인쇄 및 제작 비용, 판매 전략, 독자들의 기대를 고려하여 현실적이고 정확하게 작성해야 한다. 각 독자층의 선호도가 다르기 때문에, 책의 성격과 대상에 맞춰 전략적으로 판단하는 것이 중요하다.

마지막으로, 예상 정가이다. 예상 정가는 독자들이 책을 구매하는 데 큰 영향을 미치는 요소이다. 경쟁 도서 및 시장 동향을 고려하여 적절한 가격을 설정해야 하며, 이는 출판사와 협의를 통해 조정할 수 있다.

효과적인 출간기획서 작성을 위한 꿀팁

구분	내 용
저자 소개	- 출판사는 작가의 인지도와 네트워크를 중시 - 작가에 대한 신뢰는 출판사의 선택에 큰 영향을 미침 - 작가는 자신의 활동 이력과 독특한 경험을 강조해 출판사에 전달해야 함 - 출간기획서는 작가의 강점을 강조하고, 작품의 가치를 설명하는 도구 - 블로그나 유튜브 활동이 있다면 적극 반영 - SNS 활동은 작가의 영향력을 평가하는 중요한 지표 - 네이버 인물 등록 여부를 확인하는 것이 좋음
기획 의도와 핵심 주제	- 책의 첫인상을 결정짓는 중요한 요소 - 작가는 왜 이 책을 쓰게 되었는지, 주제와 목적을 명확하게 정의해야 함 - 기획 의도는 작가의 동기와 전하고자 하는 메시지가 주된 내용 - 핵심 주제는 책의 중심 내용을 제시하고 핵심 줄거리를 담고 있음
이 책의 차별성	- 출판사가 여러 원고 중 나를 선택해야 하는 이유를 강조 - 독자들이 이 책을 선택할 이유와도 연결 - 책의 독특한 내용과 형식이 독자와 어떻게 상호작용할지를 부각 - 내용의 차별성은 동일 주제를 다루는 다른 책들과의 차이를 강조 - 형식의 차별성은 작가가 메시지를 어떤 방식으로 전달하는지에 초점을 맞춤
타깃 독자	- 타깃 독자의 명확한 정의가 책의 성공 여부의 중요한 판단 기준 - 독자층을 세밀하게 정의하면, 독자들의 공감과 이해를 쉽게 얻을 수 있음 - 직업, 직급, 나이, 성별에 따라 타깃층 설명하고, 그에 맞는 전략 필요 - 특정 그룹에 집중하는 전략이 더 나은 결과를 가져올 수 있음
비교 도서 분석	- 작가의 작품과 경쟁 도서들을 비교하여 차별점을 찾는 단계 - 자신의 책이 기존 도서들과 어떻게 차별화되는지 강조 - 주제와 분야가 달라도 특정 부분이 유사하면 포함 가능 - 동일한 주제를 다루는 책이 비교 대상이 되며, 형식이 비슷한 책도 대상이 됨 - 새로운 시도가 있는 책이 있다면, 개척한 사례를 비교 대상으로 삼음 - 독자들에게 선택 이유 전달하고, 작가에게는 작품 완성 방향 제시
기타 사항	**홍보 문구** - 독자들에게 강력한 인상을 전달하는 중요한 수단 - 핵심 메시지와 가치를 담아내어 호기심을 자극해야 함 **원고 완성일** - 원고 완성일은 출간 일정을 조율하기 위한 중요한 정보 - 출판 일정 진행을 위해 최소 6개월 정도의 여유 시간 확보 필요 **예상 페이지 수** - 인쇄 및 제작 비용, 판매 전략, 독자 기대를 고려해 정확히 작성 - 독자 선호에 맞춰 책의 성격과 대상에 따라 전략적 판단 필요 **예상 정가** - 책을 구매하는 데 큰 영향을 미치는 요소 - 경쟁 도서 및 시장 동향을 고려하여 적절한 가격을 설정해야 함 - 출판사와 협의하여 조정할 수 있음

성공적인 투고와
좋은 출판사 선택 방법

첫 책의 출간기획서를 출판사에 제출했던 순간은 잊을 수 없는 경험이었다. 성의를 다해 준비한 첫 투고는 작가로서의 데뷔 무대 같았다. 작품이 어떤 평가를 받을지에 대한 기대감과 불안감이 교차했고, 계약이라는 좋은 결과를 기다리는 간절함이 함께했다.

투고 후 출판사로부터 연락을 받았던 경험도 특별했다. 필자의 경우, 투고 다음 날 지방의 한 출판사 대표로부터 직접 전화를 받았다. 그 기쁨은 이루 말할 수 없었다. 대표는 책의 주제가 신선하고 출판사의 방향과 잘 맞는다며 계약 의사를 밝혔다.

투고 과정은 설렘과 걱정이 교차하는 시간이지만, 출판사의 평가에 따라 출판 여부가 결정되는 중요한 단계다. 출판사의 선택을 받아야만 작가와 출판사 간의 계약이 성사되어 책이 독자들에게 선보일 수 있다. 따라서

성공적인 투고는 작가에게 꼭 필요한 과정이다.

효과적인 투고를 위한 출판사 선정 전략

작품을 출판사에 투고할 때, 적합한 출판사를 선정하는 것은 투고 성공의 핵심이다. 투고 전 출판사를 신중히 선택하는 과정은 매우 중요하다. 이는 마치 결혼 상대를 선택하듯, 작가와 출판사의 조화를 판단하는 핵심 단계다.

어떤 출판사가 작품에 가장 적합한지 미리 판단하기는 쉽지 않다. 이 때문에 작가는 여러 출판사에 메일을 대량 발송할지, 아니면 인지도가 높거나 특정 분야에 전문성을 가진 출판사에 집중할지 고민하게 된다. 이러한 선택을 할 때 고려해야 할 몇 가지 전략을 살펴보겠다.

첫째, 출판사의 연락처와 이메일 주소를 정확히 정리해야 한다. 출판사 명단을 직접 수집하거나 홈페이지에서 정보를 얻을 수 있다. 이는 각 출판사의 특성과 요구 사항을 파악할 수 있으며, 추가적인 투고나 출판사와의 협력 과정에서도 유용하다.

둘째, 출판사의 인지도와 분야별 전문성을 중심으로 선택해야 한다. 인지도가 높은 출판사는 작품을 더 넓은 독자층에 알릴 수 있다. 반면, 특정 분야에 전문화된 출판사는 그 분야의 독자들에게 효과적으로 다가갈 수 있다.

셋째, 자신의 작품이 출판사와 조화를 잘 이룰 수 있는지 검토해야 한다. 출판사의 특성과 작품이 잘 맞을때 긍정적인 평가를 받을 가능성이 높다. 이를 위해 출판사의 과거 작품, 출판 정책, 선호 주제 등을 조사하는 것이 도움이 된다.

이러한 접근 방식으로 작가는 작품에 적합한 출판사를 찾고, 효과적으로 투고할 수 있는 기반을 마련할 수 있다. 이 과정은 투고 전략의 핵심이며, 성공적인 출판의 첫걸음이다. 더 나아가, 출판사와의 원활한 협력 관계를 구축하는 데 중요한 역할을 한다.

출판 계약 성공을 위한 효과적인 투고 방법

작가의 투고 방법은 계약 성사에 중요한 역할을 한다. 선택한 투고 방식에 따라 계약의 성공 가능성이 크게 달라질 수 있다. 작가는 각 투고 방식의 장단점을 신중히 검토하여 최적의 전략을 수립해야 한다. 이를 위해 투고 방식, 내용, 시점 등 중요한 요소들을 살펴보겠다.

먼저, 다양한 투고 방식의 특징을 이해하고 작품에 적합한 방식을 선택해야 한다. 이메일 투고는 가장 일반적인 방법이며, 간결하고 인상적인 메시지를 전달하는 것이 필수적이다. 일부 출판사는 웹사이트를 통해 투고를 받으므로, 이 경우 온라인 양식에 필요한 정보를 정확하게 입력해야 한다.

투고 시 명확한 메시지 전달이 중요하다. 작가는 간략한 소개와 작품의

핵심 내용을 담은 이메일을 준비해야 한다. 작품의 장점과 매력을 효과적으로 강조하여 출판사에 긍정적인 인상을 남겨야 한다. 이는 출판사가 작가와 작품에 대한 좋은 이미지를 형성하는 데 중요한 역할을 한다. 아래는 필자의 경험을 예시로 제시한 내용이다.

> 안녕하세요. 이동윤입니다.
> 저는 교육학박사, 순천향대 겸임교수입니다.
>
> 이 책은 두 번째 출간 작품으로,
> 공무원들에게 희망과 변화의 가능성을
> 책 쓰기를 통해 제시하고자 합니다.
>
> 제목: 내 책은 결재가 필요 없다
> 부제: 공무원의 업무 능력과 독립적인 삶을 위한 책 쓰기 전략
>
> 부족하지만 관심 부탁 드립니다.
>
> 이동윤 올림

투고 시기의 선택은 출판 성공에 영향을 미친다. 출판계의 최신 동향과 사회적 이슈를 파악하는 것이 필요하다. 예를 들어, 전쟁이나 선거와 같은 정치적 혼란 시기나, 올림픽이나 월드컵 같은 대규모 스포츠 이벤트가 있을 때는 투고를 잠시 미루는 것이 좋다. 새해, 연말, 명절, 휴가철과 같은 바쁜 시기도 피하는 것이 바람직하다.

이 시기에는 출판사의 관심을 끌기가 어려울 수 있다. 적절한 투고 시기와 방식을 선택하면 계약 가능성을 높이고, 출판사에 좋은 인상을 남길 수

있다. 이런 신중한 접근은 작품이 긍정적으로 받아들여질 가능성을 높이며, 효과적인 투고 전략을 세울 수 있다.

좋은 출판사를 선택하는 방법

성공적인 작가가 되려면 좋은 출판사와의 만남이 필수적이다. 그러나 우수한 출판사와 계약을 맺는 일은 쉽지 않다. 많은 작가들이 자신이 원하는 출판사와 계약을 꿈꾸지만, 현실은 출판사가 작가를 선택하지 않거나 반대의 상황이 발생하기도 한다. 이는 작가들이 자주 겪는 문제이며, 성공에 직접적인 영향을 미친다.

그렇다면 좋은 출판사를 선택하기 위해 무엇을 고려해야 할까? 이를 위해 좋은 출판사의 기준을 이해하고, 그에 맞는 출판사를 선택하는 방법을 살펴보겠다.

첫째, 출판 경험이 풍부한 출판사를 선택하는 것이다. 여러 출판사로부터 제안을 받았다면, 각 출판사의 인지도와 평판을 신중히 검토해야 한다. 대형 출판사는 이미 그 가치가 입증했기에 작가로서 성장하는 데 도움이 될 수 있다. 하지만 모든 작가에게 인지도 높은 출판사가 항상 적합한 것은 아니므로, 자신의 목표와 작품에 맞는 출판사를 선정해야 한다.

둘째, 작가는 출판사와 직접 만나는 것을 추진해야 한다. 전화나 이메일로 계약하는 것이 일반적이지만, 직접 만나면 궁금한 사항을 해결하고 상

호 기대를 명확히 이해할 수 있다. 이 과정에서 출판사가 작품을 선택한 이유를 듣고, 원고 작성 시 출판사의 의도를 파악할 수 있다. 계약 후에도 지속적인 소통과 지원을 구체적으로 요청할 수 있다.

셋째, 좋은 출판사를 선택한 후, 작가는 출판사와 협상하여 계약 조건을 세밀하게 조율해야 한다. 계약 체결 과정에서 계약 기간, 저작권 사용료, 원고 제출 및 출판 예정일 등을 꼼꼼히 검토해야 한다. 또한, 계약금 지급, 저작권료 지급 방식, 2차적 저작물 생성과 수익 분배 등도 중요한 고려 사항이다.

마지막으로, 작가와 출판사 간의 조화로운 관계 유지도 중요하다. 출판사의 규모뿐만 아니라, 원활한 협업이 책 출간 성공의 핵심이다. 출판사가 작가의 기획 의도와 작품을 존중하고 지원할 수 있는지 확인해야 한다. 또한, 개별 작가에 대한 충분한 관리와 지원이 가능한 출판사를 선택하는 것이 바람직하다.

작가와 출판사 간의 상호 이해와 의사 소통은 성공적인 출간을 위해 필수적이다. 좋은 출판사를 선택하고 상호 협력 관계를 구축하는 것은 작가의 작품 활동에 있어 핵심 과정이다. 따라서, 계약 전후에 출판사와 지속적으로 기대와 목표를 공유하며 훌륭한 작품의 탄생을 위해 노력해야 한다.

이제 책 쓰기를 시작하려 한다면, 이런 모습을 상상해 보자. 출판사 목

록을 작성하고, 투고 메시지를 준비하는 나의 모습, 그리고 투고 후 여러 출판사에서 계약 제안을 받는 순간을 말이다. 그리하여 출판사와 작가는 서로의 성장과 발전을 위한 파트너가 되어, 상호 이해와 존중을 바탕으로 내 작품이 더 높은 수준으로 세상에 선보이게 될 것이다.

성공적인 투고와 좋은 출판사 선택 방법

구 분	내 용	세부사항
효과적인 투고를 위한 출판사 선정 전략	출판사 연락처와 이메일 주소 정확히 정리	- 출판사 명단을 직접 수집하거나 홈페이지에서 정보 확보 - 출판사의 특성과 요구 사항 파악, 추가 투고 및 협력에 유용
	출판사의 인지도와 분야별 전문성을 중심으로 선택	- 인지도 높은 출판사는 넓은 독자층에 작품 알릴 수 있음 - 특정 분야에 전문화된 출판사는 해당 분야 독자들에게 효과적 접근 가능
	자신의 작품이 출판사와 조화를 잘 이룰 수 있는지 검토	- 출판사 특성과 작품이 잘 맞으면 긍정적인 평가 가능성 높음 - 출판사의 과거 작품, 출판 정책, 선호 주제 조사 필요
출판 계약 성공을 위한 효과적인 투고 방법	투고 방식 선택	- 다양한 투고 방식 특징 이해하고 작품에 적합한 방식 선택 - 이메일 투고는 가장 일반적인 방법 - 간결하고 인상적인 메시지 전달 중요 - 웹사이트 통해 투고 받는 경우에 온라인 양식 정확한 입력
	투고 메시지 작성	- 간략한 소개와 작품 핵심 내용 포함한 이메일 준비 - 자신의 장점과 작품 매력 강조하여 출판사에 긍정적 인상 남기기
	투고 시기	- 투고 시기가 출판 성공에 큰 영향을 미침 - 출판계의 최신 동향과 사회적 이슈 파악 중요 - 정치적 혼란 시기나 대규모 이벤트 있을 때 잠시 연기 필요 - 새해, 연말, 명절, 휴가철 등 바쁜 시기 피하는 것이 바람직

구분	내용	세부사항
좋은 출판사 선택 방법	출판 경험이 풍부한 출판사 선택	- 여러 출판사로부터 제안받는다면, 인지도와 평판 신중히 고려 - 대형 출판사는 가치가 입증되어 작가 성장에 도움 - 목표와 작품 특성에 맞는 출판사 선정 중요
	출판사와 직접 만남 추진	- 전화나 이메일 통한 계약이 일반적 - 직접 만남으로 궁금한 사항 해결하고 상호 기대 이해 - 출판사가 작품을 선택한 이유를 듣고, 양측 기대 목표를 명확히 이해할 수 있음 - 출판사가 작품 선택한 이유를 듣고, 원고작성 시 출판사 의도 파악 가능 - 계약 후 지속적인 소통과 지원을 구체적으로 직접 요청
	좋은 출판사 선택한 후, 출판사와 협상하여 계약 조건 세밀하게 조율	- 계약 기간, 저작권 사용료, 원고 제출 및 출판 예정일 등을 꼼꼼히 검토 - 계약금 지급, 저작권료 지급 방식, 2차적 저작물 생성과 수익 분배 조건도 중요
	작가와 출판사 간의 조화로운 관계 유지	- 출판사 규모이외에 출판사 간 원활한 협업이 핵심 - 출판사가 작가의 기획 의도와 작품 존중과 지원 확인 - 개별 작가에 대한 충분한 관심과 관리가 가능한 출판사 선택

출판사와 계약 성사 후
달라지는 것과 협력 방법

출간기획서를 제출한 후의 계약 과정은 투고 단계와는 확연히 달랐다. 출판사의 제안을 받고 최종 선택하는 과정은 큰 관문을 통과하는 느낌이었다. 투고 단계의 설렘과 긴장감은 계약 체결의 성취감으로 바뀌었다. 이는 작가에게 새로운 길로 나아가는 기대감을 안겨주었다.

계약이 성사된 후에는 원고 작성에 대한 부담이 컸다. 출간기획서 작성이 단거리 경주였다면, 원고 작성은 마라톤에 비유할 수 있었다. 더 많은 시간과 분량이 요구되기 때문에 작가에게 새로운 도전으로 다가왔다.

내가 경험한 두 번의 계약은 운 좋게도 수준 높은 출판사와 원활하게 진행되었다. 모든 계약은 온라인으로 이루어졌고, 협상은 메일과 문자로 진행되었다. 대부분은 출판사의 관행을 따랐지만, 의문 사항이 있을 때는 질문을 통해 내 의견을 반영하려고 노력했다. 이 과정에서 작가와 출판사 간

의 신뢰 구축이 성공적인 출판의 필수 요소임을 깨달았다.

출판사와의 계약의 의미

출판사와의 계약은 단순히 책을 출간하는 것 이상의 의미를 지닌다. 이는 작가가 자신의 작품을 세상에 내놓고, 독자들과 소통하는 중요한 단계이자, 작가로서 발전하는 필수적인 과정이다. 계약이 성사되면 작가는 자신감을 얻고 작품 활동을 지속할 동기를 얻는다. 또한, 출판사와의 상호작용은 더 나은 작품을 만드는 성장의 기회가 된다.

양측은 상호 신뢰와 협력을 바탕으로 서로의 의무와 책임을 다하기로 합의한다. 출판사는 작가와 독자의 소통을 돕고, 독자들의 피드백을 전달해 작품을 널리 알린다. 이를 통해 작가는 독자들의 다양한 의견을 직접 경험하며 작품을 발전시킨다.

계약은 작가에게 금전적 보상을 제공한다. 출판된 작품의 판매 수익은 일정 비율로 작가에게 돌아가며, 판매가 이어지는 한 수익도 계속된다. 이는 작가의 가치가 인정받는다는 점에서 큰 의미가 있다. 결국, 책의 판매량은 작품의 가치와 성과를 인정받는 가장 확실한 척도이다.

이처럼 출판사와의 계약은 작가에게 자신감과 도전의 기회, 독자와의 소통, 그리고 금전적 보상을 제공한다. 이는 작가의 창작 과정에 새로운 가치를 부여하고 지속적인 성장을 가능하게 한다. 또한, 독자들과의 깊은 연

결을 통해 작품의 영향력을 넓히고, 작가로서의 입지를 다져 나갈 수 있게 한다.

출판사와 계약 성사 후에 찾아오는 변화들

출판사와 계약이 성사되면, 작가는 원고 작성을 포기하지 않는 한 책 출간이 현실화된다. 계약 후, 작가와 출판사는 함께 책을 출간하기 위해 협력한다. 이 과정은 작품이 세상에 소개되고, 독자들과의 소통 창구가 된다.

계약은 작가에게 책을 완성하게 하는 가장 확실한 동기부여다. 명확한 목표가 생기면서 원고 작성에 몰입하게 되며, 이는 반드시 책을 출간하게 만드는 원동력으로 작용한다. 이는 작가 활동의 중요한 발판이자 새로운 시작점이 된다.

출판사는 작가에게 지속적인 지원을 제공한다. 출판사의 제안과 계약 체결은 책 출간에 대한 강한 의지를 보여주는 것이다. 또한, 작가와 출판사가 공동의 목표를 공유하게 되었음을 의미다. 이는 아이돌 지망생이 기획사와 계약을 맺고, 지속적인 투자를 통해 데뷔를 준비하는 과정과 유사하다.

결국, 계약을 통해 작가와 출판사는 각자의 역할을 성실히 수행하며, 책 출간을 위해 협력한다. 출판사는 책이 성공적으로 완성될 수 있도록 최선을 다해 지원한다. 이 과정은 서로의 약속을 지키며 함께 결과를 만들어가는 중요한 협력의 시간이다.

출판사와의 협력이 중요한 이유

출판사와 계약이 성사되면 작가와 출판사 간의 긴밀한 협력이 시작된다. 이 협력은 원고가 완성된 이후 더욱 중요해진다. 그 이유를 살펴보겠다.

첫째, 출판사와 작가는 책 출간이라는 공동 목표를 가지고 협력한다. 이들은 독자들에게 감동을 전하고, 지속 가능한 독자층을 확보하기 위해 함께 노력한다. 또한, 출판사는 작가의 성장이 곧 출판사의 발전으로 이어질 것이라는 기대를 품고 있다.

둘째, 출판사는 전문적인 편집 능력과 출간 경험을 바탕으로 작가의 작품을 더욱 완성도 높게 다듬는다. 편집자와의 긴밀한 소통을 통해 작가는 자신의 이야기를 효과적으로 전달하며, 책의 질을 향상시킬 수 있다.

셋째, 출판사는 책의 마케팅과 판매를 담당하며, 효과적인 홍보로 작품을 널리 알린다. 작가가 직접 수행할 수 있는 마케팅 활동에 대한 안내와 지원도 제공한다. 필자가 첫 책을 출간할 때 온라인 마케팅 정보 부족으로 어려움을 겪었기에, 초보 작가에게는 이런 지원이 특히 절실하다.

마지막으로, 출판사는 저작권 보호와 수익 분배를 관리한다. 저작권, 전자책, 오디오북 등 최근 중요해진 사항들을 협약을 통해 다뤄진다. 이는 향후 예기치 못한 상황에 대비하기 위해 반드시 챙겨야 할 부분이다.

출판사와의 협력은 성공적인 책 출판의 핵심 요소다. 출판사와의 우호적인 관계는 작가에게 수준 높은 책을 선보일 기회를 제공하며, 독자에게 의미 있는 독서 경험을 선사한다. 또한, 독자와의 긴밀한 연결고리를 형성해 작품이 더 넓게 퍼져나갈 수 있게 한다.

작가는 출판사의 편집과 마케팅에 의지하며, 출판사는 원활한 소통을 통해 책의 성공을 도모한다. 이러한 상호 협력은 출간 후에도 원만한 관계를 유지하며, 지속적인 출판 활동으로 이어진다. 이는 앞으로 출간기획서 작성의 부담을 줄이고, 장기적인 작가 활동의 성공을 위해 필수적이다.

효과적인 출판사와의 협력 방법

작가와 출판사는 각자의 역할을 명확히 분담한다. 작가는 원고를 완성하고 출판사는 편집 및 출간 작업을 맡는다. 이 과정에서 상호 협력을 강화하기 위해 다음과 같은 방법을 고려할 수 있다.

첫째, 출판사 편집자의 피드백에 신속하고 긍정적으로 대응해야 한다. 출판사의 경험과 전문성을 존중하며, 함께 수준 높은 책을 만들어야 한다. 작가에게 요구가 많더라도, 귀찮게 여기기보다는 책의 완성도를 높이기 위한 노력으로 받아들여야 한다.

둘째, 출판사의 출간 일정에 맞춰 협력해야 한다. 출판사와 원활히 소통하며 정해진 일정을 철저히 준수하고, 편집 및 출간 과정에 적극적으로 참

여해야 한다. 이렇게 함으로써 작가는 출간 효과를 최대한 발휘할 수 있는 시점에 책을 출간할 수 있다.

마지막으로, 출간 전에 효과적인 마케팅 계획을 세워야 한다. 출판사와 협의하여 책의 매력을 강조하는 홍보 전략을 마련하고, 책의 판매 촉진을 위한 마케팅 전략을 고안해 실행해야 한다. SNS활동이나 네트워크 관리에 부족함이 있다면 출판사의 조언을 구해 만반의 준비를 해야 한다.

결국, 출판사와의 협력은 작가의 창작 여정을 더욱 풍부하고 의미 있게 만든다. 독자들과의 소통을 통해 작품의 영향력을 넓힐 수 있는 길이 된다. 이 조화로운 협력은 단순한 책 출간을 넘어, 작가가 작품으로 세상에 긍정적인 변화를 가져오는 기회를 제공한다. 이제, 탄탄한 협력 체계로 완성된 책이 세상에 선보일 순간만을 기다리게 된다.

출판사와 계약 성사 후 달라지는 것과 협력 방법

구 분	내 용	세부사항
출판사와의 계약의 의미	단순히 책을 출간하는 것 이상의 의미	- 작품을 세상에 내놓고 독자들과 소통하는 중요한 단계 - 작가로서 발전하는 필수 과정 - 자신감을 얻고 작품 활동을 지속할 동기를 얻음 - 출판사와의 상호작용으로 더 나은 작품을 만드는 성장의 기회
	양측은 서로의 의미와 책임을 다하기로 합의	- 출판사는 작가와 독자 간의 소통을 지원 - 독자들의 피드백을 전달해 작품을 널리 알림 - 작가는 다양한 의견 직접 경험하며 작품을 발전시킴

구 분	내 용	세부사항
출판사와의 계약의 의미	계약은 작가에게 금전적 보상을 제공	- 출판된 작품의 판매 수익은 일정 비율로 작가에게 돌아감 - 판매가 지속되는 한 수익도 기한 없이 이어짐 - 작가의 가치가 인정받는다는 점에서 큰 의미 - 책의 판매량은 작품의 가치와 성과를 인정받는 가장 확실한 척도
출판사와 계약 성사 후에 찾아오는 변화들	작가는 원고작성을 포기하지 않는 한 책 출간 현실화	- 작가와 출판사는 협력해 책 출간에 힘씀 - 작가의 작품이 세상에 소개되고 독자와 소통할 수 있는 통로가 됨
	책 완성에 대한 동기 부여	- 명확한 목표로 작가는 원고 작성에 더욱 몰입하게 됨 - 책 출간을 위해 최선을 다하게 만드는 원동력이 됨 - 작가 활동의 중요한 발판이자 새로운 시작점이 됨
	출판사의 지속적 지원 제공	- 출판사의 제안과 계약은 책 출간에 대한 강한 의지를 반영 - 작가와 출판사가 공동의 목표를 가지게 되었음을 의미
출판사와의 협력이 중요한 이유	출판사와 작가는 책 출간이라는 공동 목표를 공유	- 독자들에게 감동을 전하며 지속 가능한 독자층 확보 위해 함께 노력 - 출판사는 작가의 성장을 통해 함께 발전할 기대를 가짐
	전문 편집 능력과 출간 경험으로 작품 완성도 제고	- 편집자와의 긴밀한 소통으로 이야기를 효과적으로 전달 - 책의 질을 향상시킬 수 있음
	마케팅과 판매를 통해 작품을 널리 알림	- 작가가 직접 수행하는 마케팅 활동 안내와 지원 - 초보 작가에게 지원이 더욱 절실
	출판사는 저작권 보호와 수익 분배를 관리	- 저작권, 전자책, 오디오북 등 중요해진 사항 협약 통해 다뤄짐 - 예기치 못한 상황에 대비 위해 꼭 챙겨야 할 부분

구 분	내 용	세부사항
효과적인 출판사와의 협력 방법	출판사 편집자의 피드백에 신속하고 긍정적으로 대응	- 출판사의 경험과 전문성을 존중, 함께 수준 높은 책을 만들어야 함 - 작가에게 많은 요구는 완성도 높이기 위한 노력으로 받아들여야 함
	출판사의 출간 일정에 협조하는 것이 중요	- 출간 일정을 철저히 준수 - 편집 및 출간 과정에 적극 참여 - 작가는 원하는 시기에 책 출간하도록 함께 노력
	출간 전 마케팅 계획 수립 필수적	- 출판사와 협의 책의 특징과 매력 강조 하는 홍보 전략 마련 - 책 판매 촉진할 적절한 마케팅 전략 고 안하고 실행

독자층 확보를 위한
효과적인 홍보 전략

출간된 첫 책을 들고, 교직 생활을 하면서 작가로서 명성을 쌓아오신 고등학교 선배님을 찾아뵌 적이 있었다. 은퇴 후에도 작가로서 열정을 이어가시는 선배님께 새로 출간된 책을 선물하며, 이후 어떤 활동을 해야 할지 조언을 구했다.

나는 선배님께, "책을 출간한 후 바로 다음 작품을 쓰고 싶어졌습니다."라고 말씀드렸다. 첫 책에 쏟았던 열정을 쉬지 않고 다음 책에도 이어가고 싶었고, 매년 한 권의 책을 출간하겠다는 개인 목표도 실현하고 싶다고 이야기했다.

그러나 선배님께서는 "지금은 새로운 책을 쓰기보다는 더 많은 독자에게 책을 알리는 것이 중요하다."고 하시면서 "이제 작가의 글을 좋아하는 독자층을 확보하는 데 집중해야 한다."고 강조하셨다. 이 조언은 출간 초

기에는 책에 대한 관심을 높여 나만의 독자층을 형성하는 것이 중요하다는 사실을 깨닫게 하였고, 앞으로 나아갈 방향을 정하는 데 큰 도움이 되었다.

지인을 대상으로 한 홍보 전략

첫 책을 출간하면서 천 권 판매를 목표로 삼았다. 이는 출판 시장 동향과 개인 상황을 고려한 목표였다. 이를 달성하기 위해 지인을 대상으로 한 홍보 전략을 세웠다. 이는 초기 단계에서 매우 효과적이며, 사업이나 영업 초기에 자주 사용된다. 지인들에게 부담이 될까 걱정될 수 있지만, 자신의 일에 확신이 있다면 문제가 되지 않는다. 책 쓰기도 마찬가지다. 신뢰하는 사람들을 통해 책을 알리고, 더 넓은 독자층으로 나아가는 과정이다.

나의 경우, 카카오톡을 활용해 1,000명 이상의 지인에게 홍보했다. 이들은 주로 가까운 지인, 어릴 적 친구, 학교 동문, 공직에서 만나거나 최근에 알게 된 사람들이다. 이 방법은 책을 쓰는 과정이나 출간을 앞두고 큰 도움이 되었다. 지인들에게 소식을 전해 관심을 유도했고, 이는 출간 전 '티저 영상'과 같은 역할을 했다. 카카오톡을 통해 지인들의 격려와 관심을 받았으며, 책의 주제와 출간 시기 등에 대해 궁금해 하는 반응을 보였다.

첫 책 출간 후, 카카오톡을 통한 홍보는 지인들의 답장이 큰 힘이 되었다. 주변에서 흔히 볼 수 없는 책 출간 소식을 특별하게 여기며 응원의 메시지를 보내주었다. 특히, 첫 책이 출간되었을 때 받은 격려는 더욱 특별

했다. 책에 대한 반응이 걱정되었지만, '고생했다', '대단하다'는 말들이 큰 용기가 되었다. 아래는 책 출간을 알리기 위해 사용한 카카오톡 메시지의 한 예다.

카카오톡 메시지 사례

안녕하세요!
날씨가 많이 추워졌네요.
건강 잘 챙기세요.

제 생애 두 번째 책,
《내 책은 결재가 필요 없다》를 출판사와 계약을 체결하여
내년에 출간을 목표로 꾸준히 원고를 작성하고 있습니다.

이번 책은 공무원과 관련한 주제로 구성되어 있습니다.
한 대목을 소개하오니 시간 되실 때 읽어보세요.

https://blog.naver.com/bizstory87/223261809199

책을 명함처럼 활용하는 방법도 있다. 새로운 사람들을 만날 때, 명함과 함께 사인한 책을 선물했다. 이후, 감사 인사와 함께 언론 인터뷰나 블로그 포스팅을 카카오톡 메시지로 보내면, 특별한 인상을 남길 수 있었다. 이 방법은 지속적인 네트워킹에도 큰 도움이 되었다.

단체 카카오톡 방의 활용도 유용했다. 친구들, 다양한 단체, 동문회, 동호회 등 여러 단톡방에 책을 홍보했다. 다만, 갑작스러운 홍보의 목적으로 보이지 않도록 출간 전부터 꾸준히 진정성 있는 모습을 보여주는 것이 필요하다.

특별히 기억에 남는 것은 예상치 못한 기업인들의 도움이다. 그들은 책을 구매해 직원들에게 선물로 주었고, 나에게 강의를 요청하기도 했다. 이 경험은 단순한 책 판매를 넘어, 내 책이 타인에게 유익함을 제공한다는 점에서 큰 보람을 느끼게 해주었다.

언론 인터뷰 활용의 중요성

언론 인터뷰는 책과 작가의 이미지를 높이는 데 효과적이다. 특히 초보 작가에게 큰 도움이 된다. 권위 있는 매체에 소개된 책은 독자들에게 신뢰를 주며, 작가의 인지도와 전문성을 높이는 데 큰 역할을 한다. 이로 인해 작품이 널리 알려지고, 작가의 입지를 강화할 수 있는 기회가 된다. 다만, 그 효과는 매체의 지명도와 권위에 따라 달라질 수 있다.

언론 기사를 SNS로 공유하는 것은 유용한 홍보 전략이다. 이를 통해 지인뿐만 아니라 새로 만나는 사람들에게도 작가와 책에 관한 관심을 불러일으키고, 긍정적인 인상을 남겨 관계를 더욱 돈독하게 이어갈 수 있다. 이러한 공유 활동은 다양한 컨텐츠를 제공해 관심을 유발하는 좋은 소재로 활용할 수 있다.

필자의 경우, 지역 언론과의 인터뷰가 인지도와 신뢰성을 높이는 데 큰 도움이 되었다. 공직생활 중 맺은 기자와의 친분 덕분에, 책 출간과 함께 자연스럽게 인터뷰가 이루어졌다. 기자는 칼럼을 통해 필자의 책을 의미 있게 조명해 주었고, 이는 오랜 신뢰가 만든 뜻깊은 결실이었다. 필자의 언

론 인터뷰 기사는 아래 QR 코드를 통해 확인할 수 있다.

〈 언론 인터뷰 – 대전일보 2023. 03. 30. 보도 〉

유튜브 출연으로 책 홍보 확대하기

유튜브 출연은 책 홍보에 강력한 도구다. 유명한 유튜브 채널에 출연하는 것이 이상적이지만, 어떤 유튜브 참여도 작가에게 유익하다. 유튜브를 통한 출연은 언론 인터뷰처럼 책과 작가를 널리 알릴 수 있는 효과적인 방법이다. 특히 책과 유튜브라는 매체의 결합은 시너지를 내기에 충분하다.

필자는 책 쓰기로 유명한 '김병완 TV' 유튜브 채널에 출연한 적이 있다. 대표에게 책을 선물하려고 방문했다가 즉석 인터뷰 형식으로 참여하게 되었다. 인터뷰에서는 책을 쓰게 된 배경, 작업 과정, 앞으로의 계획 등을 이야기했다. 이 유튜브 출연은 높은 조회 수를 기록하며 책 홍보에 큰 도움이 되었다.

작가가 직접 유튜브 채널을 운영하는 것도 좋은 시도다. 자신의 목소리로 독자들과 직접 소통하며 친근감을 높일 수 있다. 유튜브는 다양한 콘텐츠를 제공할 수 있는 강력한 플랫폼으로, 인지도만 쌓이면 큰 파급력을 발

휘한다. 필자가 유튜브에 출연한 내용은 아래의 QR 코드를 통해 확인할
수 있다.

〈 유튜브 출연- 김병완 TV 〉

SNS 마케팅으로 독자층 확장

SNS 마케팅은 작가가 독자층을 확장하는 데 매우 유용한 수단이다. 이
를 위한 몇 가지 방법을 소개하겠다.

첫째, 페이스북과 인스타그램을 통한 홍보는 가장 보편적인 방법이다.
카카오톡 홍보처럼 지인 중심으로 시작해 다양한 계층으로 확대해 나간
다. 지속적인 SNS 활동은 출간 전부터 출간 후까지 이어지며 작가와 독자
간의 유대를 강화할 수 있다.

둘째, 작가는 자신의 블로그에 책과 관련된 콘텐츠를 게시해 검색 엔진
최적화를 통해 노출을 높인다. 이 방법은 독자들이 작가의 글을 더 쉽게
찾을 수 있도록 돕는 가장 일반적인 인터넷 활용 전략이다.

셋째, 블로그 이웃과 글을 공유하면서 더 넓은 독자층을 확보할 수 있다.

이 과정에서 형성된 커뮤니티는 작가의 콘텐츠를 더 많은 사람들에게 전달한다. 비록 얼굴을 마주하지 않더라도, 활발한 SNS 소통을 통해 긍정적인 네트워크를 구축할 수 있다.

마지막으로, 독자들의 서평은 중요한 자산이다. 서평은 솔직하고 객관적인 의견을 담고 있어 책 홍보에 큰 영향력을 발휘한다. 서평이 많을수록 작품에 대한 신뢰가 높아지며, 작가에게 긍정적인 영향을 미친다. 이는 사람들이 작가의 말보다 타인의 평가에 더 귀를 기울이는 경향 때문이다.

SNS와 블로그를 통해 작가는 책을 널리 알리고 독자들과 깊이 연결될 수 있다. 이러한 상호작용은 작가의 이야기를 풍부하게 하고, 독자들과 긴밀한 유대감을 형성한다. 결국, 이 모든 활동은 작가가 독자들에게 더 가까이 다가가고 함께 성장하는 과정이다.

강의를 활용한 독자 확장 전략

강의를 활용한 독자 확장은 효과적인 전략이다. 대학생이나 일반 대중을 대상으로 한 강의와 세미나에서 작가는 책을 소개하며 새로운 독자층을 형성할 수 있다. 인상적인 강의는 참가자들의 관심을 끌고, 그들을 통한 홍보를 기대할 수 있다.

이미 강의를 수강한 이들에게 책 출간 소식을 알리는 것도 좋은 방법이다. 필자는 대학에서 강의한 모든 수강생들에게 문자 메시지로 이 소식을

알렸다. 이들은 이미 강의를 통해 작가 활동을 알고 있어, 책 소식을 긍정적으로 받아들일 가능성이 높다. 과거에 접점을 가졌던 이들에게 새 작품을 알리고, 지속적인 관심을 유도하는 데 유용한 방법이다.

강의는 작가가 자신의 이야기를 독자들에게 직접 전달할 수 있는 중요한 기회이다. 이를 통해 작가와 독자 간의 거리가 좁혀지며, 의외의 새로운 독자층을 형성할 수 있다. 이렇게 강의는 작가와 독자가 서로의 가치를 발견하고 깊은 관계를 형성하는 중요한 연결고리가 된다.

독자층 확보를 위한 효과적인 홍보 전략

구분	내용	세부사항
지인을 대상으로 한 홍보 전략	홍보 효과 및 방법	- 초기 단계에서 매우 효과적 - 사업이나 영업 초기에 자주 사용 - 카카오톡을 활용한 지인 홍보 - 책을 명함처럼 활용 - 단체 카카오톡 방의 활용
	필자 사례	- 카카오톡으로 1,000명 이상 지인에게 홍보 - 출간 전 '티저 영상'과 같은 역할로 지인 관심 유도 - 지인들의 격려와 답장이 큰 힘이 됨 - 특별한 기억은 기업인들의 도움
언론 인터뷰 활용의 중요성	홍보 효과 및 방법	- 책과 작가 이미지 제고에 효과적 - 초보 작가에게 큰 도움 - 권위 있는 매체에 소개된 책은 신뢰를 주며, 인지도와 전문성 제고 - 작품이 널리 알려지고, 작가 입지 강화
	필자 사례	- 지역 언론과의 인터뷰로 인지도와 신뢰성 증대 - 기자와의 친분 덕분에 자연스럽게 인터뷰 성사 - 오랜 신뢰가 만든 뜻깊은 결실

구 분	내 용	세부사항
유튜브 출연을 활용한 책 홍보 확대하기	홍보 효과 및 방법	- 책 홍보에 강력한 도구, 널리 알릴 수 있는 효과적인 방법 - 유명 유튜브 채널 출연이 이상적이지만, 어떤 유튜브 참여도 유익 - 책과 유튜브라는 매체 결합으로 시너지 효과 - 직접 유튜브 채널 운영은 좋은 시도, 직접 소통하며 친근감 증대
	필자 사례	- '김병완 TV' 유튜브 채널에 출연 - 높은 조회 수 기록하며 책 홍보에 큰 도움
SNS 마케팅으로 독자 확장	홍보 효과 및 방법	- 독자층 확장에 매우 유용한 수단 - 페이스북과 인스타그램 통한 홍보는 가장 보편적인 방법 - 블로그에 책과 관련한 콘텐츠 게시해 노출 증가 - 블로그 이웃과 글을 공유하면서 더 넓은 독자층 확보 가능 - 독자 서평은 중요한 자산, 책 홍보에 큰 영향력 발휘
강의를 활용한 독자 확장 전략	홍보 효과 및 방법	- 대학생 및 일반 대중 대상의 강의와 세미나로 새로운 독자층 형성 - 이미 강의를 수강한 이들에게 책 출간 소식을 알리는 것도 좋은 방법 - 인상적인 강의는 참가자들의 관심과 홍보 기대 - 작가의 이야기를 직접 전달할 수 있는 중요한 기회 - 작가와 독자 간의 거리를 좁히고, 새로운 독자층 형성 - 서로의 가치를 발견하고 깊은 관계 형성하는 중요한 연결고리
	필자 사례	- 대학 강의의 모든 수강생들에게 문자 메시지로 책 출간 소식 알림 - 이미 강의를 통해 작가 활동을 인지, 책 소식 긍정적으로 받아들일 가능성이 큼 - 과거에 접점인 사람들에게 새 작품을 알리고 지속적인 관심을 유도

'고기 잡는 법'으로 나아가는
평생의 책 쓰기 여정

연예인들을 보며 같은 운동을 하는데 왜 결과가 다를까 궁금했다. 그 해답은 전문가의 코칭에 있었다. 대부분의 사람들은 헬스클럽에서 제대로 된 방법을 모르고 운동하지만, 연예인들은 체계적인 프로그램과 전문가의 집중적인 지도를 받는다. 이 차이가 결과를 다르게 만든다.

그렇다면 일반인도 코칭을 받으면 연예인과 같은 결과를 얻을 수 있을까? 최근 젊은이들 사이에 몸만들기가 유행이지만, 평범한 사람들과 연예인 사이에는 여전히 차이가 있다. 이는 연예인들이 자신의 몸을 브랜드로 여기며 엄청난 시간과 노력을 투자하기 때문이다. 반면, 일반인들은 주로 취미나 체력 증진에 초점을 맞춘다. 결국, 연예인들은 직업적 목적과 이미지 관리를 위해 접근하기 때문에 결과가 달라지는 것이다.

책 쓰기에서도 고급 기술과 노하우를 배우는 것이 중요하며, 이를 위해

전문 코칭이 필요하다. 글에 자신이 있어도 가끔씩 쓰거나 블로그에 올리는 것만으로는 부족하다. 평생 책 쓰기를 위해서는 글쓰기 기술 이상이 요구된다. 이는 단순한 글쓰기를 넘어, 책 쓰기를 일상화하고 지속적인 작가 활동을 가능하게 한다.

책 쓰기에서 코칭이 필요한 이유

책 쓰기를 시작할 때, 왜 전문가의 코칭이 필요한지 생각해 보자. 자기만족을 넘어서 평생 책을 쓰고자 한다면 마음가짐이 달라져야 한다. 책 쓰기의 목적이 일회성인지, 단 한 권의 책을 쓰는 것인지, 아니면 인생에서 개인적인 성취와 사회적 기여를 이루려는 분명한 목표인지에 따라 결과는 크게 달라진다.

평생 책 쓰기를 위해서는 확실한 기술을 익혀야 한다. 이 과정에서 전문가의 지도와 코칭은 필수적이며, 그것 없이는 연속적인 리듬을 유지하기 어렵다. 기본적인 수준을 넘어서, 자신만의 전문화된 책 쓰기 기술을 갖추는 것이 평생 책 쓰기 여정의 핵심이다. 나는 이 과정을 '고기 잡는 법'을 배우는 것에 비유하고 싶다.

'고기 잡는 법'을 배우는 것은 결과만큼 중요하다. 이 과정은 차별화된 기술과 전문성을 통해 다른 목표를 이루게 한다. 이를 위해 시간과 비용의 투자는 당연하며, 이를 아끼면 성장의 기회를 놓칠 수밖에 없다. 따라서, 책 쓰기에 필요한 다양한 자원에 아낌없는 투자가 필요하다.

'고기 잡는 법'을 익히면 책 쓰기에 그치지 않는다. 창조적인 작품의 세계를 구현하는 독자적인 영역을 구축할 수 있다. 이는 개인의 영역을 넘어, 다른 사람들에게 긍정적 영향력을 전파할 수 있게 된다. 결국, 전문 코칭을 통해 확실한 기술을 익히고 남다른 결과를 만들어내는 방법을 배움으로써 책 쓰기의 새로운 지평을 열 수 있다.

평생 책 쓰기를 위한 '고기 잡는 법' 배우기

평생 책 쓰기 여정에서 '고기 잡는 법'을 배우기 위해 실천할 수 있는 세 가지 핵심 전략이 있다.

첫 번째는 '책 쓰기 관련 도서 읽기'다. 다양한 주제와 스타일의 책을 통해 새로운 아이디어를 얻고, 다른 작가의 기술과 노하우를 습득할 수 있다. 특히 새로운 분야에 도전할 때는 관련 도서를 최소 10권 이상 읽는 것이 좋다. 이는 앞에서도 여러 차례 강조한 바 있다.

두 번째는 '저자들과 만남을 통해 노하우 배우기'다. 저자들과의 대화는 그들의 경험과 노하우를 직접 배울 기회를 제공하며, 성공적인 전략을 습득할 수 있다. 그러나 몇 번의 만남만으로는 충분하지 않다. 지속적인 관심과 배움의 자세가 필요하며, 저자들의 조언을 깊이 이해하고 실천하는 것이 중요하다.

세 번째는 '전문적인 컨설팅 받기'다. 전문가들은 작가에게 필요한 지원

을 제공하며, 작품의 질을 높이는 데 도움을 준다. 비용이 들지만, 이러한 투자는 책 쓰기 목표를 명확히 하고, 반드시 책을 완성하겠다는 의지를 굳건하게 만든다.

이러한 전략들은 책 쓰기 여정에서 혼자만의 노력이 아닌, 앞선 책이나 사람에게 배우는 꼭 필요한 방법이다. 책 쓰기는 단기간의 작업이 아닌, 평생에 걸쳐 계속 업그레이드해 나가는 과정이다. 그 목표는 책을 통해 이야기를 전하고, 독자에게 영감을 주며, 사회에 긍정적인 영향을 미치는 것이다. 이것이 자신만의 독특한 책 쓰기 여정을 만들어가는 동력이다.

'고기 잡는 법'의 완성과 평생 책 쓰기

지금까지 다양한 방식으로 책 쓰기의 기술, 즉 '고기를 잡는 법'을 살펴보았다. 이제 이 기술들을 어떻게 종합하여 평생의 책 쓰기 여정을 성공적으로 이어갈지 알아보자.

첫째, 다양한 작가들의 기법을 배우고, 자신만의 스타일로 발전시켜야 한다. 좋아하는 작가들의 작품을 읽고 그들의 기법을 분석하는 과정은 반드시 거쳐야 할 관문이다. 이를 통해 자신만의 이야기와 표현으로 세상에 메시지를 전할 수 있으며, 비로소 책 쓰기를 통해 독립적인 삶을 실현할 수 있다.

둘째, 수준높은 작가들의 작품 세계를 탐구하는 노력을 지속해야 한다.

다양한 작가들과의 교류는 시야를 넓히고 새로운 영감을 얻는 데 큰 도움이 된다. 이는 더 풍부한 아이디어와 접근 방식을 발견하여 끊임없는 도전을 이어가게 한다. 이를 통해 책 쓰기와 지식 탐구의 여정이 끝이 없다는 소중한 지혜를 얻게 된다.

셋째, 전문가의 코칭과 피드백은 계속 수반되어야 한다. 세계적인 프로 선수들이 꾸준히 레슨을 받는 것은 잘 알려진 사실이다. 아무리 뛰어난 선수라도 조언과 관리는 필수이며, 이는 기술뿐만 아니라 멘탈 관리에도 중요하다는 것을 보여준다. 이러한 코칭은 시작 단계뿐만 아니라, 장기적으로도 없어서는 안 될 요소다.

인생에서 자신의 성장을 도와줄 사람이 중요하다. 이들은 여정을 함께하는 소중한 동반자다. 책 쓰기도 마찬가지다. 책을 쓰는 일은 어렵지만, 누구나 한 번쯤은 도전하고 싶어 한다. 이 도전을 혼자 하기보다는 서로 도우며 함께하는 이들이 있다면, 그 여정은 더욱 든든할 것이다.

책 쓰기 여정에서 어려움은 피할 수 없다. 이를 좌절이 아닌 새로운 도전으로 받아들여 보자. 작가로서의 성장은 실패에서 교훈을 찾고, 이를 발판으로 전진하는 과정에서 이루어진다. 이러한 도전의 순간들이야말로 작가와 작품을 더욱 단단하게 만든다.

평생에 걸친 책 쓰기 여정은 지금까지 쌓아온 노력과 경험을 바탕으로

목표를 향해 나아가는 과정이다. 이제 '고기를 잡는 법'을 익히고, 자신만의 길을 찾는 방법을 알게 되었다. 이 여정의 목표는 우리 모두의 것이 되었다. 이제 주저하지 말고 그 길을 함께 걸어가도록 하자.

지금까지의 여정을 감사한 마음으로 마무리한다. 이 과정은 매번 페이지를 새로 여는 출발점의 연속이었다. 앞으로도 같은 마음으로 더 나은 이야기를 쓰며 멋진 여정을 이어갈 것이다. 이 여정은 끝이 아니라, 더 나은 내일을 향한 새로운 이야기의 시작이다.

평생 책 쓰기를 위한 '고기 잡는 법' 배우는 방법

구 분	내 용	세부사항
책 쓰기에서 코칭이 필요한 이유	평생 책 쓰기를 위해 확실한 기술 필요	- 전문가의 지도와 코칭은 필수 - 코칭 없이는 연속적 리듬 유지 어려움 - 기본적 수준을 넘어 전문화된 책 쓰기 기술 습득 필수
	'고기 잡는 법' 습득이 중요	- 차별화된 기술과 전문성 통해 다른 목표 이루게 함 - 시간과 비용 투자는 당연 - 필요한 다양한 자원에 아낌없는 투자 필요
	'고기 잡는 법' 습득의 효과	- 창조적인 작품 세계 구현하는 독자적인 영역 구축 - 개인의 영역을 넘어 다른 사람들에게 긍정적 영향력 전파 - 전문 코칭으로 확실한 기술 습득을 통해 책 쓰기 새로운 지평 개척

구 분	내 용	세부사항
평생 책 쓰기를 위한 '고기 잡는 법' 배우기	책 쓰기 관련 도서 읽기	- 다양한 주제와 스타일 책으로 아이디어와 작가의 기술과 노하우 습득 - 새로운 분야에 도전할 때 관련 도서 최소 10권 이상 읽기
	저자들과의 만남을 통해 노하우 배우기	- 저자들과의 대화로 경험과 성공 전략 직접 습득 - 지속적인 관심과 배움의 자세 필요 - 저자들의 조언을 깊이 이해하고 실천하는 것이 중요
	전문적인 컨설팅 받기	- 작가에게 필요한 지원 제공과 작품의 질 향상 지원 - 비용이 들지만, 책 쓰기 목표 명확화와 책 완성 의지를 굳건하게 함
'고기 잡는 법'의 완성과 평생 책 쓰기	다양한 작가들의 기법을 배우고, 자신만의 스타일로 발전	- 좋아하는 작가들의 작품을 읽고 기법을 분석하는 과정은 필수 관문 - 자신만의 이야기와 표현으로 책 쓰기를 통해 독립적인 삶 실현
	수준높은 작가들의 작품 세계를 탐구하는 노력을 지속	- 다양한 작가들과의 교류는 시야를 넓히고 새로운 영감을 얻는 데 도움 - 풍부한 아이디어와 접근 방식을 발견하고 끊임없는 도전 이어감 - 책 쓰기와 지식 탐구의 여정이 끝이 없다는 지혜 얻게 됨
	전문가의 코칭과 피드백은 계속 수반	- 세계적인 프로 선수들도 꾸준히 레슨 받는 것은 잘 알려진 사실 - 뛰어난 선수라도 조언과 관리는 필수, 이는 기술과 멘탈 관리에도 중요 - 코칭은 시작 단계뿐만 아니라 장기적으로도 없어서는 안 될 요소

🖥 내가 만난 공무원 작가 이야기 5

- 게임에 빠진 아이들, 방승호 작가

모험상담가로 유명한 방승호 작가는 아현산업정보학교에서 '노래하는 교장 선생님'으로도 잘 알려져 있다. 올해 35년의 교직 생활을 마치고, 현재는 모험상담가, 작가, 강사, 가수, 방송인 등 다양한 분야에서 활동 중이다. 퇴직 후에도 다채로운 활동을 펼치는 그의 모습은 둥지를 떠난 순간이 진정한 삶의 시작임을 보여준다.

방승호 작가는 여러 분야에서 성공적인 경험을 쌓았다. 현직에 있을 때 총 8권의 책을 출간했으며, 첫 책은《기적의 모험 놀이》이다. 이후《게임에 빠진 아이들》,《마음의 반창고》등을 발표했다. 최근에는《당신의 꿈은 무엇인가요》라는 책을 선보이며 독자들에게 새로운 이야기를 전하고 있다.

가수로서도 활발히 활동하며 총 9집의 음반을 발표했다. 그중 〈노 타바코〉라는 금연송이 유명하다. 교장으로 재직 중이던 시절, 한 여학생이 담배 냄새 때문에 화장실에 갈 수 없다는 고민을 듣고, 다음날 화장실 앞에서 버스킹을 했다. 이 이야기를 듣고 '히트곡 제조기'라 불리는 작곡가 안영민이 곡을 주어 세상에 나오게 되었다.

놀라운 사실 중 하나는 직접 뮤직비디오 〈배워서 남 주나〉를 제작한 것

이다. 또한, 다큐멘터리 영화 〈스쿨 오브 락〉에 주연 배우로 참여했다. 이 영화는 고등학교 일상을 3년 동안 촬영한 것으로, 방승호 작가의 열정과 재미있는 삶이 아름답게 그려져 있다.

방승호 작가는 유치원부터 어르신까지 다양한 연령층을 대상으로 강사 활동을 하고 있다. 한겨레신문 등에 칼럼을 쓰고, 여러 방송에도 출연했다. 서장훈, 이수근이 진행하는 KBS 〈무엇이든 물어 보살〉에 출연한 것을 시작으로, KBS 〈아침마당〉과 MBC 〈생방송 행복 드림 로또 6/45〉에도 출연 했다. 현재도 방송 출연은 계속되고 있다.

방승호 작가와의 인터뷰는 서울 충정로의 조용한 카페에서 이루어졌다. 털모자를 쓴 인상 좋은 분이 카페에 들어오셨는데, 마치 오래 알았던 분을 만난 듯한 기분이 들었다. 반갑게 인사를 나누고 편안한 분위기에서 대화 를 시작했다. 그와 나누었던 대화 중 인상 깊은 내용을 소개하겠다.

책을 쓰게 된 계기

모험 놀이가 알려지면서 강의 후 사람들이 자료를 요청했다. 그러나 토 목공학과 전공자로서 처음에는 글쓰기가 큰 부담과 스트레스였다. 자료를 주고 싶어도 글쓰기가 어려웠다. 이를 극복하기 위해 독서와 필사를 꾸준 히 실천했다. 특히 신문 사설을 필사한 것이 큰 도움이 되었다. 이러한 경 험들이 책을 쓰는 계기가 되었다.

첫 책을 쓰는 데는 약 10년이 걸렸지만, 이후 꾸준히 책을 쓸 수 있게 되

었다. "이제는 글쓰기가 최고의 즐거움이 되었어요. 글쓰기에 대한 부담도 점차 줄었구요."라고 말할 정도로, 지금은 한 번 펜을 잡으면 10장 정도를 금방 쓸 수 있게 되었다. 퇴직 후에는 새로운 책을 내고 신문에 칼럼을 연재하며 글쓰기를 계속 즐기고 있다.

책 출간 이후의 변화

책을 출간하기 전에는 학생들과 관련된 곳에서만 강의 요청이 들어왔다. 그러나 책을 낸 후에는 유치원부터 어르신까지 다양한 연령대에서 강의를 부탁받게 되었다. 방송과 함께 책을 통해 사람들에게 알려지면서 강의와 상담에 대한 권위가 높아진 것이 큰 변화 중 하나였다.

또한, 여러 언론사에서 칼럼을 써달라는 제의를 받았다. 처음에는 부담스러웠지만, 이를 통해 글쓰기에 대한 즐거움을 계속 느끼고 있다. 그는 "무엇보다도 책을 통해 세상에 나를 표현하고, 퇴직 후에도 경제적인 걱정 없이 원하는 일을 할 수 있게 된 것이 가장 큰 변화입니다."라고 강조했다.

강의 관련 수입

현직에 있을 때 강의와 상담은 모두 재능기부 형태로 이루어졌다. 공무원으로 근무하는 동안 강의료를 받지 않았다. '지금 생각해 보면 이러한 선택이 주위에서 좋은 평가를 받는 데 큰 도움이 된 것 같아요. 만약 이런 선택을 하지 않았다면, 평가가 달라졌을지도 모르겠다는 생각이 들어요.'

라는 말이 인상 깊었다.

퇴직 후 강의료는 어떻게 되는지 물어보았다. 그는 "퇴직 후에는 강의료가 상당히 높게 책정되어 있어요. 일반적으로 생각하는 것보다 많은 편이고, 국내 강사 중 최고 수준의 대우를 받는다고 보면 돼요. 그러나 여전히 돈은 중요하지 않다고 생각해요."라고 말했다.

공무원 책 쓰기에 대한 조언

"먼저 책을 쓰기 전에 혼자 있는 시간을 가지라고 권하고 싶어요. 저는 가톨릭 신자로서 기도법을 개발하고 아침마다 기도 내용을 글로 기록합니다. 그리고 낮에 2시간 정도 혼자 있는 시간을 가집니다."라고 이야기했다. 또한, "규칙적으로 운동하는 것이 중요해요. 이런 활동을 통해 자신이 무엇을 좋아하는지 발견할 수 있거든요."라고 덧붙였다.

이어서 그는 "책 쓰기 목표보다는 매일 다양한 경험을 통해 기록을 쌓아나가는 것이 중요해요. 일상의 기록을 통해 다양한 아이디어를 발견하고, 정리하는 과정에서 새로운 정보를 얻을 수 있어요."라고 말했다. 또한, "기록한 자료를 정리하면서 생각지 못한 아이디어가 나오고, 이것이 누적되면 자연스럽게 책 쓰기로 이어질 수 있어요." 요즈음은 책을 출간하는 시스템이 너무 잘 갖춰져 있어요. 누구나 도전하면 충분히 책 쓰기가 가능한 세상이라고 생각해요."라고 강조했다.

앞으로의 계획과 목표

그는 혼자 있는 시간을 즐기며 글쓰기로 생각을 정리하는 것이 노후 대비의 필수 요소라고 조언했다. 인생에서 혼자 있을 때 어떻게 즐겁게 보낼 수 있는지가 중요하다며, 운동, 노래 연습, 글쓰기, 명상, 산책 등 다양한 활동을 루틴으로 실천하며 풍요로운 일상을 만들고 있다고 전했다.

"최근에는 사명서를 자주 작성하고 있어요. 예전에 쓴 사명서를 보면 꾸준히 노력하면 결국 생각한 대로 이루어진다는 것을 증명하고 있거든요." 라며, 도전을 멈추지 않고 있음을 알 수 있었다. 앞으로도 새로운 계획을 세우고 목표를 이루기 위해 규칙적인 루틴을 유지할 것이라고 밝혔다.

인터뷰를 통한 필자의 생각

인터뷰를 통해 방승호 작가의 다채로운 삶과 도전을 엿볼 수 있었다. 첫 책을 쓰는 도전과 성장의 이야기는 매우 인상적이었다. 글쓰기에 대한 부담과 스트레스를 극복하며 자기 발전을 이룬 결과, 글쓰기에 대한 진정한 즐거움을 찾았다. 이 과정은 책 쓰기를 시작하는 사람들에게 귀감이 되기에 충분했다.

방승호 작가는 "현직에 있을 때 만족도가 300%라면, 퇴직 후에는 3,000% 이상입니다."라고 말할 정도로 특별한 인생을 즐기고 있다. 대화 중 전해지는 여유와 유쾌함은 그의 삶이 얼마나 풍요로운지를 느낄 수 있었다. 그의 하루 일상은 나도 언젠가 닮고 싶은 행복한 생활이었다.

앞으로의 다양한 활동과 도전, 그리고 즐거움으로 가득한 삶이 많은 이들에게 영감을 줄 것이다. 그의 계속되는 도전이 더욱 풍성하고 성공적으로 이어지길 바라며, 미래에도 새로운 성취와 행복이 가득하기를 기대한다. 마지막으로, 인터뷰에 응해 주신 방승호 작가에게 감사의 인사를 전한다.

공무원과 관련한 책 쓰기 여정은 필자에게 특별한 의미를 지닌다. 8년간의 공직 경험을 바탕으로, 공무원들의 삶과 현실을 진솔하게 담아내는 작업이었기 때문이다. 특히, 공무원들에게 힘이 되고 싶다는 마음이 책 쓰기의 큰 동기가 되었다. 이러한 마음으로《내 책은 결재가 필요 없다》라는 책을 집필하게 되었다.

주변 분들과 의견을 나누면서 공무원 책 쓰기에 대한 여러 조언을 들었다. 처음에는 대학생, 주부, CEO 등 다양한 주제를 고민했지만, 많은 이들이 공무원들의 현실을 다루는 책을 권유했다. 이는 현재 공무원들이 직면한 어려움과 관련이 있다. 특히, 공무원들에게 힘이 되고 격려가 되는 메시지를 담은 책이었으면 좋겠다는 말에 크게 공감했다.

이 책은 공무원들의 현실과 고민을 솔직하게 다루고자 했다. 공무원들의 업무와 역할, 당면한 어려움, 그리고 성장과 도전에 대한 이야기를 담고 있다. 또한, 공무원으로서의 사회적 책임과 기대를 인식하며, 이에 대한 지

혜와 조언을 제시하고자 했다.

이 책은 단순히 공무원을 위한 가이드가 아니다. 나는 책을 쓰는 과정에서 공무원으로서의 어려움뿐만 아니라, 인간으로서의 성장과 도전에 대한 깊은 성찰을 경험했다. 그 과정에서 나 자신을 돌아보며, 공무원이라는 역할에 대한 새로운 의미를 발견했다. 이러한 깨달음이 이 책의 모든 페이지에 스며들어 있기를 기대한다.

이 책의 여정에 함께해 주신 모든 분께 감사의 마음을 전한다. 인터뷰에 응해 주신 분들, 그리고 지원과 격려를 아끼지 않으신 많은 분들 덕분에 이 책은 더욱 풍부하고 뜻깊은 내용으로 완성될 수 있었다. 공무원 작가들이 좋은 글로 사회에 긍정적 영향을 미치길 기대하며, 예비 공무원 작가들의 책 출간 소식을 기다리며 응원한다.

마지막으로, 이 책을 쓰는 과정은 나에게 큰 자부심과 성취감을 안겨주었다. 앞으로도 이 경험과 열정을 바탕으로 더 큰 가치를 담은 작품을 만들기 위해 노력할 것이다. 다시 한번 모든 분들께 감사의 말씀을 전하며, 이 특별한 여정이 여러분에게도 의미 있고 행복한 미래를 가져다주길 진심으로 바란다.

내 책은
결재가 필요 없다

초판인쇄 2024년 10월 18일
초판발행 2024년 10월 18일

지은이 이동윤
펴낸이 채종준
펴낸곳 한국학술정보(주)
주 소 경기도 파주시 회동길 230(문발동)
전 화 031-908-3181(대표)
팩 스 031-908-3189
홈페이지 http://ebook.kstudy.com
E-mail 출판사업부 publish@kstudy.com
등 록 제일산-115호(2000. 6. 19)

ISBN 979-11-7217-586-3 03800

이담북스는 한국학술정보(주)의 학술/학습도서 출판 브랜드입니다.
이 시대 꼭 필요한 것만 담아 독자와 함께 공유한다는 의미를 나타냈습니다.
다양한 분야 전문가의 지식과 경험을 고스란히 전해 배움의 즐거움을 선물하는 책을 만들고자 합니다.

PART 4

공무원 책 쓰기의